Alexander Koslowski

Lost Dreams

Alexander Koslowski

Lost Dreams

Roman

PIPER

Mehr über unsere Autoren und Bücher:

www.piper.de

Wenn Ihnen dieser Roman gefallen hat, schreiben Sie uns unter Nennung des Titels »Lost Dreams« an empfehlungen@piper.de, und wir empfehlen Ihnen gerne vergleichbare Bücher.

FSC
www.fsc.org
MIX
Papier aus verantwortungsvollen Quellen
FSC® C014496

ISBN 978-3-492-50406-5

Redaktion: Franz Leipold
Abbildungen: Alexander Koslowski
Litho: Lorenz & Zeller, Inning am Ammersee
Covergestaltung: Guter Punkt, München
Covermotiv: Markus Weber, Guter Punkt München nach einer Idee von Alexander Koslowski und unter Verwendung eines Motivs von Shutterstock.com
Druck und Bindung: GGP Media GmbH, Pößneck
Printed in Germany

Prolog
Wie ein Applaus

Ein plötzlicher kalter Wind strich über die Maispflanzen, die sich wie ein endloses grünes Meer bis zum Horizont erstreckten, und in der Ferne türmten sich tiefschwarze Wolken auf, die rasch näher kamen. Die Stauden zitterten in dem Windhauch, neigten sich, als er stärker wurde, und beinahe sah es so aus, als fürchteten sie sich vor dem Himmel, der sich immer stärker verfinsterte.

Federleichte Schritte berührten den Boden. Barfuß lief Koma durch die wie mit einer Schnur gezogenen Reihen der Maisstauden; ihr langes weißes Kleid streifte über den lehmigen Boden, als die ersten Regentropfen fielen. Sie blieb stehen und hob den Kopf, blickte nach oben in die immer bedrohlicher werdende Dunkelheit, spürte die Nässe in ihrem Gesicht, die sich anfühlte wie die ungeliebten Küsse eines zudringlichen Verehrers.

»Es kann nur ein Traum sein«, sagte sie und schloss die Augen. Koma spürte, wie der Regen ihre Augenlider benetzte, und zwang sich, ruhig zu atmen, während ihr Herzschlag raste.

Der Wind, der die Blätter der Maispflanzen zum Beben brachte, streichelte ihr Gesicht und schien mit körperloser Stimme ihren Namen zu wispern.

»Koma«, flüsterte der Wind, »komm zu mir!« Ihre Augen öffneten sich, und sie begann wieder zu rennen. Wo war der Ausweg aus diesem Labyrinth aus Maisstauden? Jede von ihnen war so hoch wie ein Mann, ragte weit in den Himmel und schien sie zu verhöhnen, wie sie orientierungslos zwischen ihnen herumirrte. Aus dem Wind wurde ein Sturm, der sie vor sich her zu jagen schien, und Koma spürte, wie die Kräfte ihres Körpers schwanden.

»Lass mich in Ruhe!«, schrie sie gegen das Tosen des Windes an. Ihre Stimme hallte über das Maisfeld, verklang ungehört.

Plötzlich erstarb der Wind, und sie umgab vollkommene Stille.

Koma verlangsamte ihre Schritte. Was war das dort vorne? Ein Lichtschein? Ohne darüber nachzudenken, hielt sie direkt auf das Licht zu.

Die Reihen der Maisstauden öffneten sich und Koma betrat eine kreisrunde Fläche, die frei von Pflanzen oder Steinen war. Sie war so perfekt gezogen, dass sie nicht zufällig entstanden sein konnte. Der Boden sah hier dunkler aus, als hätte man den Mais mit Brandrodung zurückgedrängt. Erst nachdem sie den Zirkel halb durchschritten hatte, bemerkte sie den mannshohen schwarzen Spiegel in seiner Mitte, der in den Boden eingerammt war. Vor dem Spiegel blieb Koma stehen.

»Ich sehe dich«, sagte eine Stimme, die seltsam verzerrt klang. Koma schrak zurück, als sie erkannte, dass sich in dem Spiegelbild noch eine Gestalt befand. Sie drehte sich um, aber da war niemand; doch als sie wieder in den Spiegel blickte, sah sie, wie ein Mann in einer dunkelblauen Winterjacke und einem schwarzen Helm mit verspiegeltem Visier auf sie zukam.

»Wie ist das möglich?«, flüsterte Koma und streckte ihre Fingerspitzen aus, um das Spiegelbild zu berühren. Sie ertastete nur kaltes Glas.

»Sie kommt, um dich zu holen«, sagte die Gestalt mit dem Helm.

»Wer?«, fragte Koma verwirrt.

»Deine Angst«, antwortete die Stimme, und in diesem Moment sah Koma an der Stelle, an der sich die Augen befinden sollten, zwei winzige blaue Lichter aufflackern.

Auf einmal veränderte sich die Szene um sie herum. Es war, als ob die Welt ihre Farbe verlor; alles nahm ein trübes und tristes Grau an. Im gleichen Moment zerbarst der Spiegel in viele tausend Scherben. Erneut schrak Koma zurück. Alles schien gleichzeitig zu geschehen. Sie konnte spüren, wie etwas hinter ihr heranraste, eine unbekannte, dunkle Gefahr, doch bevor sie sich umdrehen konnte, wurde sie gepackt und mit gewaltiger Kraft nach hinten gezogen. Die unsichtbare Macht hielt ihren Körper in eisernem

Griff und zerrte sie durch die Maisstauden hindurch, die unter ihrem Gewicht nachgaben, sich bogen und abbrachen. Vor sich konnte Koma die Spur der Verwüstung sehen, die ihr Körper in dem Maisfeld hinterließ. Erst jetzt bemerkte sie, dass ihre Kehle brannte, weil sie lauthals schrie. Sie schrie vor Verzweiflung und Todesangst. Ihr Herz schlug so schnell, dass sie glaubte, es müsse in ihrer Brust zerspringen. Koma strampelte mit den Beinen; sie versuchte mit aller Entschlossenheit, sich gegen den harten Griff der unsichtbaren Faust zu wehren, doch sie hatte keine Chance. Zu ihrem Entsetzen fühlte sie, wie sie in die Höhe gehoben wurde, bald hoch über dem Maisfeld baumelte und schließlich in den Himmel geschleudert wurde – in ein großes, gewaltiges Nichts.

Keuchend schrak Koma aus dem Schlaf auf und sah erschrocken an sich herunter. Sie trug ein langes weißes Nachtkleid mit zarter Spitze an den Trägern und am Saum und lag in einem großen altmodischen Bett mit Vorhängen. Während sie nach Luft rang, versuchte sie, ihre Gedanken zu sortieren. Was war gerade geschehen? Was hatte sie da in dem Maislabyrinth gepackt, und wie war sie hierhergekommen? Kalter Schweiß bedeckte ihre Haut wie ein Film und in ihren Ohren dröhnte es. Sie war unfähig, auch nur einen klaren Gedanken zu fassen. Unsicher schaute sie sich um. Zwischen den Vorhängen des Himmelbettes konnte sie ein schlecht beleuchtetes Zimmer erkennen, in dem altertümliche Möbel herumstanden. Die Wände waren nicht tapeziert. Ihr Blick fiel auf rauen Stein, der ihr den Eindruck vermittelte, in einem sehr alten Gebäude zu sein. Vorsichtig schob Koma einen Vorhang beiseite und schaute hinaus. Sie war allein in einer Kammer, die sie unwillkürlich an ein Zimmer in einem Burgturm erinnerte. Der Raum wurde nur von zwei Fackeln erleuchtet; an den Wänden hingen kostbar aussehende Teppiche, die in verblassten Farben Szenen einer Jagd zeigten. Als sie ihre Füße aus dem Bett streckte, berührte sie das weiche Fell eines Bären, das vor dem Bett lag. Koma bewegte sich langsam; beinahe rechnete sie damit, im nächsten Augenblick erneut gepackt und herumgeschleudert zu werden, doch nichts dergleichen geschah. Erst jetzt hörte sie leise

Klaviermusik, die aus dem Nachbarraum zu kommen schien, der mit ihrem Zimmer durch eine reich verzierte Flügeltür verbunden war. Langsam ging Koma darauf zu. Der kalte Steinboden unter ihren nackten Sohlen fühlte sich hart an. Die Musik wurde lauter. Zwischen den Ritzen der Tür sah sie einen Lichtschein. Behutsam legte sie eine Hand auf die Klinke, drückte sie herunter und öffnete die rechte Tür, die mit einem leisen Knarren aufschwang. Vor ihr erstreckte sich ein großer Saal mit hohen, gotisch geschwungenen Decken. Ein schwerer Läufer lag auf dem Boden und führte auf eine kleine Erhöhung. Dort stand der Unbekannte mit dem Helm, den sie im Spiegel auf dem Maisfeld gesehen hatte. Der Raum war von unzähligen Kerzen hell erleuchtet. Unsicher, was sie tun sollte, schritt Koma weiter, direkt auf den Fremden zu. Der Unbekannte stand regungslos da und schien sie anzusehen. Wieder nahm sie den blauen Lichtschein wahr, der in Höhe seiner Augen flackerte.

»Wo bin ich?«, fragte sie mit bebender Stimme, als sie direkt vor ihm stand. Sie fühlte sich seltsam nackt und schutzlos in dem Nachthemd. »Und wer bist du?«, fragte Koma zweites Mal.

»Nichts weiter als ein Hype«, sagte die verzerrte Stimme. »Willkommen im Reich der Träume.«

»Warum bin ich hier?«, wollte Koma wissen.

»Die Frage, die du dir stellen solltest, lautet nicht, wo du bist, sondern wer du bist«, gab Hype zurück. »Sein oder nicht sein, das ist hier die Frage.«

Koma runzelte die Stirn. Das Zitat kam ihr bekannt vor, so, als habe sie es schon häufig gehört, doch sie konnte sich beim besten Willen nicht daran erinnern, wo das gewesen war. Überhaupt waren alle ihre Erinnerungen seltsam verschwommen, wie hinter einer Nebelwand. Sie wusste, dass sie existierten, doch es gab nicht ein Bild, das sie heraufbeschwören konnte – ein befremdliches Gefühl, das sie sofort wieder verdrängte.

Sie blinzelte. Auf einmal sah sie, wie sich in ihrem Augenwinkel etwas bewegte, ein Schatten, wie eine optische Täuschung. Sie drehte sich hastig um, und im nächsten Moment tauchten aus dem Dunkel der Saalecken Masken auf, deren Körper verhüllt waren. Einige waren freundlich, andere bunt bemalt und eher komisch; wieder andere sahen furchteinflößend und fratzenhaft aus. Der Anblick war so beunruhigend, dass Koma rasch ihre Aufmerksamkeit wieder auf Hype richtete.

»Warum trägst du einen Helm?«, brach es aus ihr heraus. Zu gerne hätte sie das Gesicht des Unbekannten gesehen, erfahren, wer er war und warum sie ihm hier begegnete, an einem Ort, an dem sie noch nie zuvor gewesen war.

»Die anderen tragen Masken, ich trage einen Helm. Das ist der Unterschied«, sagte er, was ihre Verwirrung nur verstärkte.

»Weiß mein Vater, dass ich hier bin?«, fragte sie, als sich plötzlich ein Bild aus ihrer Vergangenheit mit aller Klarheit in ihr Bewusstsein schob. Es war das Gesicht ihres Vaters, voller Sorge um sie. Wie lange war sie schon fort?

»Folge mir!«, forderte Hype sie auf, wandte sich um und ging von ihr weg.

Koma blieb zutiefst verunsichert stehen. Wie sollte sie wissen, ob sie Hype vertrauen konnte? Hier schien nichts so zu sein, wie es auf den ersten Anblick aussah, und es gab so vieles, das sie nicht verstand, nicht begreifen konnte. Die Verwirrung in ihrem Inneren wurde immer größer.

»Was ist mit meinem Bruder, kennst du ihn?«, wollte sie wissen, als sich ein weiteres Gesicht in ihren Gedanken zeigte; auch dieses sorgenvoll, aber gleichzeitig ein wenig wütend.

»Ich möchte nach Hause«, brach es aus ihr heraus. »Bitte, lass mich gehen.«

Hype erstarrte und drehte sich zu ihr um.

»Schweig!«, donnerte seine Stimme und Koma fuhr erschrocken zusammen. Etwas an Hype flößte ihr Angst ein, ehrfürchtige Angst, ohne dass sie erklären konnte, was es war.

»Nehmen wir an, dass alles hier nichts weiter ist als ein Theaterstück. Und in diesen großartigen Stück spielst du die Opfer-Rolle. Klingt erst mal langweilig, aber deine Rolle ist so wichtig wie keine andere. Ich sage dir, wie es weitergeht … Du wirst gleich in die Augen des Bösen sehen. Du wirst einschlafen und an einem Ort weit weg von hier wieder aufwachen, irgendwo in der Welt von Lost Dreams. Dort, jenseits des Horizonts, wirst du warten, bis dein Held dich findet. Du wirst ihn erkennen, ohne ihn jemals gesehen zu haben. Jack Dreams wird sein Name lauten.«

Koma erstarrte.

»Die Augen des Bösen?«, wisperte sie von Furcht erfüllt. »Was hat das zu bedeuten? Bitte, erklär mir …«

»Angst ist nur eine Illusion«, unterbrach Hype sie ungehalten. »Sie hält uns davon ab, unserer Bestimmung zu folgen. Dabei ergreift sie uns immer dann, wenn wir glauben, sie vergessen zu haben. Du kannst ihr nicht entkommen, du kannst nur die Dunkelheit um dich und in dir vergrößern. Irgendwann vielleicht wirst du es verstehen. Und nun komm!«

»Nein, bitte!«, flehte Koma und weigerte sich noch immer, weiterzugehen. Plötzlich vernahm sie ein schreckliches Krachen. Es kam von oben. Unwillkürlich legte sie ihren Kopf in den Nacken. Die Decke des Saals schien durchlässig zu werden wie bei einem Bild, bei dem man die Deckkraft reduzierte. Das steinerne Dach dieses wundersamen Ortes löste sich auf, und mit einem Mal tauchten aus der Dunkelheit dahinter zwei glühende Augen auf. Die Umrisse eines Gesichts wurden erkennbar. Es war kein menschliches Gesicht, vielmehr einer Fratze, das Antlitz eines Monsters, hässlich und unendlich böse. Koma schrie auf und wollte weglaufen, doch ihre Beine gehorchten ihr nicht mehr. Wie angewurzelt blieb sie stehen und starrte die Kreatur an, die sich ihr rasch näherte. Die glühenden Augen des Wesens schienen sich an ihrer Seele festzusaugen; etwas geschah mit ihr, wurde ihr genommen, aus ihr herausgerissen. Sie spürte einen Schmerz, den sie noch nie zuvor empfunden hatte, und ihre anfänglichen Schreie gingen in wimmernde Schmerzenslaute über. Als sie glaubte, es nicht mehr länger ertragen zu können, umfing sie gnädige Dunkelheit. Der Saal, Hype, die Musik, die Fratze – alles verschwand, und für einige endlose Augenblicke schwebte sie schwerelos in einem absolut dunklen Raum. Dann ergriff die Dunkelheit die Macht über ihre Seele, und mit geschlossenen Augen versank sie in der Finsternis.

Augen, die sich selbst nicht sehen, werden nie alt.

I
Im Reich der Träume

Wir können uns die Welt, in die wir geboren werden, nicht aussuchen, und so erscheint uns jede von ihnen wie das Spielfeld eines Spiels, dessen Regeln uns niemand verraten hat.

Hoch reckten sich die Äste der uralten Baumriesen in den Himmel und bildeten unterhalb der Wolken ein dichtes Blätterdach. Auf einer kleinen Lichtung, umstrahlt vom weichen Licht der Sonne, das zwischen den Blättern hindurchfiel, lag ein winziges Bündel, das sich hin und wieder bewegte. Leises Weinen war zu hören, als das kleine Menschenkind erwachte und nach seiner Mutter rief.

Aus den Schatten zwischen den Bäumen tauchten mehrere behaarte Gestalten auf, die Nasen krumm, die Haare wirr und die Augen so glühend rot wie kleine Kohlenstücke.

»Was ist es?«, fragte der Erste.

»Und warum weint es?«, wollte der Nächste wissen.

»So etwas haben wir hier im Wald noch nie gesehen«, stellte der Dritte fest.

»Wie kommt es hierher, und wie werden wir es wieder los?«, wunderte sich ein Vierter. Neugierig kamen die Kreaturen näher und beugten sich über das kleine Bündel.

Mit großen Augen sah der Junge die Gestalten an, dann verzog sich sein winziger Mund, und er begann erneut zu weinen: ein lauter, klagender Laut, der weit über die Lichtung hallte. Erschrocken wichen die Waldgeister zurück.

»Was für ein fürchterlicher Krach!«, rief einer und hielt sich die hässlichen Ohren zu. Dabei verzog er das Gesicht. Als es der kleine Junge sah, stieß er ein helles, fröhliches Lachen aus.

»Ein eigenartiges Geschöpf«, sagte einer der Waldgeister. »So weich wie ein Stein, dabei wird es nicht hart, wenn man damit in Berührung kommt. Was hat das zu bedeuten? Seit Anbeginn der Zeit leben hier in diesem Wald nur wir, die Tiere und die Bäume – und nun das? Was hat es damit auf sich?«

Der kleine Junge mit dem dichten, dunklen Haarschopf lachte weiter fröhlich, als er die lustigen Gesichter der seltsamen Wesen sah; ein Laut, gemacht aus purer Lebensfreude, so ansteckend, dass die Waldgeister ihre krummen Körper dazu in Bewegung setzten. Sie wiegten sich hin und her, sprangen auf und ab und vollführten mit verdrehten Gliedmaßen bizarr anmutende Tänze zur Melodie des Kinderlachens. Doch das Tanzen machte sie übermütig, ließ ihre wilden Herzen überschäumen, und schließlich packte der Erste das Bündel, schleuderte es hoch in die Luft und fing es wieder auf. Der kleine Junge riss die Augen auf, betrachtete staunend den Himmel und das Blätterdach, die auf ihn zurasten, und bemerkte jenes Kitzeln im Bauch, als es wieder abwärts ging. Erneut wurde er gepackt und dem nächsten Waldgeist zugeworfen, der ihn mit sich herumwirbelte in einem wilden, ausgelassenen Tanz. Immer toller und übermütiger ging es zu auf der Lichtung, immer höher und weiter schleuderten die haarigen Gesellen das Bündel, bis es endlich einer der uralten Bäume zu fassen bekam und es mit sanfter Kraft in seine Krone emporhob, wo er es in ein weiches Nest aus Zweigen und Blättern legte und mit seinem Blätterwerk vor neugierigen Blicken verbarg. Die Musik und die Freude der Waldgeister hörte man immer weniger.

Der kleine Junge fiel in einen tiefen, friedlichen Schlaf, in dem er von der Welt träumte. Über ihm, über den Bäumen, türmten sich die Wolken zusammen. Regen fiel mit sanftem Prasseln auf das Blätterdach, tränkte die Erde mit seinem lebenspendenden Nass und sang dem Kind in der Baumkrone ein Schlaflied. Hin und wieder zuckten vereinzelte Blitze über den Himmel, gefolgt von lautem Donnerkrachen, das wie Applaus der Natur klang, doch der Junge in seinem Nest bemerkte davon nichts.

Als das Gewitter nachließ, spürte der Junge in seinem Traum, dass sich etwas veränderte. Er wurde nicht länger nur gehalten, sondern gepresst und vorwärtsgezwängt, so als brächten ihn unsichtbare Kräfte an einen anderen Ort. Im nächsten Augenblick fiel er aus großer Höhe auf den weichen, mit Moos überwucherten Waldboden. Verwundert sah der Junge an sich herunter und stellte fest, dass er kein Baby mehr war, noch nicht einmal mehr ein Kind, denn seine Beine und Arme waren nun lang und stark, seine Brust war breit und muskulös, und als er sein Kinn berührte, spürte er die feinen Stoppeln seines Bartes. Staunend schaute er auf seine großen wohlgeformten Hände, gemacht, um ganze Welten zu erschaffen. Dann hob er den Blick und betrachtete den Wald, und alles erschien ihm neu und anders und doch zugleich vertraut. Mit nacktem Hintern saß er auf dem vom Regen aufgeweichten Waldboden, Schlamm bedeckte seine bloße Haut, und alles kam ihm ganz und gar verwunderlich vor in seinem Bemühen, es in all seinen Details zu erkennen, zu durchdringen und zu verstehen.

Mit den Fingerspitzen tastete er über seine Brust, spürte weiches Brusthaar und eine lange, gezackte Narbe, so dunkel, als sei sie mit Tinte in seine Haut gezeichnet. Tausend Gedanken und noch mehr Fragen strömten durch sein Bewusstsein; sie alle wollten gedacht, sie alle wollten beantwortet werden, und sein Blick suchte nach den Antworten, so wie sein Verstand nach Erklärungen suchte.

»Jack«, erklang plötzlich eine Stimme und übertönte das Prasseln des Regens.

Kaltes Wasser rann ihm über das Gesicht, spülte Schleim und Schmutz seiner Geburt fort und wusch ihn rein.

Der Junge konnte niemanden entdecken, zu dem diese Stimme gehören mochte. Langsam erhob er sich, noch unsicher auf den langen Beinen, die gemacht waren, um weite Strecken zurückzulegen und ihn zu tragen. Zum ersten Mal bemerkte er seine Nase, über die er den Geruch des Waldes bewusst einatmete, während er die Augen geschlossen hielt.

»Jack!«, forderte die Stimme. Jack blickte sich um. Erst jetzt konnte er in der Rinde des Baumes, von dem er gestürzt war, die feinen Linien eines uralten Gesichts erkennen.

»Finde!«, sagte der Baum, und das Gesicht verschwand, wurde wieder Teil der Rinde. Mit den Fingerspitzen berührte Jack die Rinde und spürte für einen kurzen Augenblick Gänsehaut auf seinem ganzen Körper. Der verlorene Junge blickte sich um. Um ihn herum gab es nur den endlosen Wald und die Bäume, die ihm das Gefühl gaben, von etwas beobachtet zu werden. Wohin sollte er gehen? Der Wind frischte auf, vereinzelt mischten sich Eiskristalle mit der Luft und strichen über seinen bloßen, ungeschützten Körper. Jack setzte einen Fuß vor den anderen, machte den ersten Schritt von vielen, ging auf sein ungewisses Schicksal zu. Der Boden unter seinen Füßen war weich, schlammig vom vielen Regen, und er fühlte, wie sich die Eiskristalle in die Haut seines Gesichtes gruben.

Der Wald um ihn herum veränderte sich, wurde wilder, tropischer, verwunschener. Pflanzen mit riesigen Blättern und farbenprächtigen Blüten säumten seinen Weg, unterbrochen von Lianen und Sträuchern. Betörende Dufte kitzelten seine Nase, obwohl es noch immer schneite. Manchmal tauchten äußerst seltsame Wesen auf, die sich schnell wieder in ihre Verstecke zurückzogen, wenn Jack in ihre Nähe kam. Dann verschwand auch der Urwald, er verwandelte sich in einen Wald aus Nadelbäumen und Birken. Laub raschelte unter seinen Füßen, deren Zehen blaugefroren waren. Plötzlich flogen dreizehn Krähen unter lautem Geschrei auf. Jack blickte ihnen nach, wie sie über den grauen Himmel davonflogen. Das Schneetreiben wurde dichter.

Schließlich kam Jack an einer Lichtung vorbei, die auffällige Zeichen von Verwüstung trug. Gräser und Sträucher waren umgeknickt, Äste lagen überall verstreut. Deutlich konnte Jack spüren, dass hier bis vor Kurzem noch jemand gewesen war. Seine Nase erfasste einen intensiven Geruch, der immer strenger wurde und ihn in eine Richtung führte. Dann erst erblickte er das Haus, das auf zwei riesigen braunen Hühnerbeinen stand. Neugierig kam er näher. Als er vor dem Haus stand, öffnete sich dessen einzige Tür, und eine Strickleiter fiel nach unten. Verwundert betrachtete Jack die Leiter, dann ergriff er sie mit beiden Händen und kletterte daran nach oben. Das Haus bestand nur aus einem einzigen

Raum, der über und über vollgestopft war mit den verschiedensten Gegenständen: Töpfe, Kisten, Bücher und Schachteln. Von der Decke hingen Bündel aus getrockneten Kräutern, und in einem Kessel über der Feuerstelle blubberte eine wohlriechende Suppe mit fetten Fleischstückchen und Gemüse. Als Jack das Essen sah, bemerkte er, dass er diesem Geruch gefolgt war. Wem mochte dieses seltsame Häuschen wohl gehören? Und wo befand sich sein Besitzer? Er schaute sich um und entdeckte auf einem Sessel einen blauen, weitschwingenden Kutschermantel, eine enge Hose, dazu ein weißes Hemd. Einem Instinkt folgend, streifte Jack die Kleidungsstücke über. Sie passten so gut, als wären sie einzig für ihn gemacht worden. Etwas in ihm sagte ihm, dass alles hier für ihn gemacht worden sei und dass er es benutzen durfte.

Auf einmal zerriss ein Laut die Stille. Verwundert hob Jack den Kopf und sah ein kleines blaues Licht, das in einem winzigen Käfig gefangen war und aufgeregt hin und her flackerte. Es schien ihm, als würde diese leuchtende blaue Kugel befreit werden wollen.

Als er an den Käfig herantrat, landete plötzlich eine schwarze Krähe auf dem Fenstersims und machte mit lautem Krächzen auf sich aufmerksam. Fast schien es Jack, als wollte ihn die Krähe vor etwas warnen, doch er begriff nicht, was es war. Das kleine Licht flackerte immer schneller und wurde langsam rot. In diesem Moment setzte sich das Haus auf seinen beiden Hühnerbeinen ächzend und knarrend in Bewegung, erst einen Schritt, dann einen zweiten und bald schon rannte es mit beeindruckender Geschwindigkeit durch den Wald. Jack wollte das Licht befreien und öffnete den Käfig, da bewegte sich das Haus noch aggressiver, und alles fiel zusammen. In der kleinen Stube flogen die Gegenstände durch die Luft, und Jack gelang es gerade noch, das kleine rote Licht mit seinen beiden Händen zu greifen und beschützend festzuhalten. Die Suppe klatschte gegen die Wand, und die heißen Tropfen spritzten auf Jack, der sein Gesicht rechtzeitig mit dem rechten Ellbogen abdecken konnte.

Während er versuchte, Halt zu finden, warf er einen Blick aus dem Fenster. Draußen flogen der Wald und die Wiesen an ihm vorbei. Von der Krähe fehlte jede Spur, doch etwas Großes, Dunkles schien sie am Himmel zu verfolgen. Ohne lange zu überlegen, steckte Jack das kleine rote flackernde Licht in die weiten Taschen seines Mantels und ging zur Tür, die durch die Bewegungen des Hauses laut schlagend auf und zu fiel. Der Erdboden war einige Meter weit entfernt, doch Jack dachte nicht lange nach. Mit beiden Beinen stieß er sich federnd von der Türschwelle ab, segelte einige endlose Sekunden schwerelos durch die Luft und landete schließlich unsanft der Erde. Der Aufprall war so heftig, dass ihm die Luft aus den Lungen gepresst wurde. Verzweifelt versuchte Jack, wieder zu Atem zu kommen. Dann sah er nach dem kleinen Licht in seiner Tasche, das unversehrt schien und immer noch rot flackerte. Genau in diesem Moment huschte über ihn ein riesiger Schatten hinweg. Er sah nach oben und hörte ein lautes, höhnisches Lachen. Eine alte Frau saß rittlings auf einem Besen und schien auf dem Wind zu reiten, der mit ungebremster Kraft über ihn hinwegbrauste. Sie schrie etwas, laute, fremde Worte in einer uralten Sprache, die Jack nicht verstand, bis der Wind und der Regen sie verschluckten.

Jack rappelte sich auf. Tastend bemühte er sich, wieder auf die Beine zu kommen, als er auf einmal den Halt verlor und kopfüber einen steilen Hang hinunterpurzelte. Er überschlug sich mehrfach, versuchte, sich an einer Wurzel oder einem Ast festzuhalten, doch es gelang ihm nicht. Er stürzte immer tiefer und tiefer, schlug sich die Arme und die Stirn auf, bis er schließlich auf der gefrorenen Oberfläche eines kleinen Waldsees aufkam. Für einen Moment blieb er auf dem Rücken liegen und rang verzweifelt nach Luft. Jeder Atemzug schmerzte in seinen geprellten Rippen. Über ihm befand sich nichts als der unendliche Sternenhimmel und ein riesiger blutroter Mond. Vorsichtig machte Jack Anstalten, sich aufzurichten, als er ein verdächtigtes Knacken hörte. Panisch fuhr er herum und erkannte, dass die Eisdecke sein Gewicht nicht länger trug, doch es war schon zu spät. Ein feines Geäst von Rissen breitete sich sternförmig unter ihm aus. Dann brach die Eisdecke, und er fiel in das klare, eiskalte Wasser, das ihn in einer tödlichen Umarmung umfing. Jack schnappte nach Luft, schlug verzweifelt mit den Armen. Auf keinen Fall durfte er unter die Eisdecke geraten, sonst wäre er verloren, aber das Wasser war so kalt, dass ihm rasch die Sinne schwanden. Er konnte fühlen, wie seine Muskeln verkrampften, und schließlich war da nur noch Dunkelheit. Jack war sich sicher, dass das sein Ende war, da entdeckte er plötzlich über sich das Licht. Sofort schöpfte er neue Kraft und begann erneut, zu strampeln und zu rudern. Er stieg wieder höher, immer dem Licht entgegen. Die Eisdecke war nur noch ein, zwei Meter von ihm entfernt. Seine Lungen brannten, seine Muskeln waren überanstrengt, doch Jack kämpfte weiter, bis er endlich mit den Fingerspitzen die Eisdecke berührte und sie mit letzter Kraft durchbrechen konnte. Von einem Moment auf den anderen war alles anders. Der zugefrorene See war verschwunden, stattdessen fand sich Jack in einer altmodischen Badewanne wieder.

Über sich nahm er eine hohe Decke wahr, verziert mit Stuck und alten Zeichnungen. Jack fuhr hoch, keuchend und prustend hustete er das Wasser aus seiner Lunge, dann sprang er aus der Wanne. Das Badezimmer war groß mit hohen Fenstern, durch die kalte Nachtluft hereinzog. Seine Kleider waren triefnass. Eilig griff er in die Jacke seines Mantels und holte das kleine Licht heraus, das nun wie ein heller Stern weiß zu leuchten schien. Behutsam hielt Jack es in seiner Hand. Er ging auf die Badezimmertür zu, die unmittelbar in ein kleines unordentliches Zimmer führte. Ein Schaukelpferd stand im fahlen Mondlicht, ein ungemachtes Bett war über und über mit Kuscheltieren und Puppen übersät, und auf dem Boden lagen kleine Spielfiguren herum.

Jack trat an das Bücherregal und stellte fest, dass er keinen der Schriftzüge entziffern konnte. Da begann das kleine weiße licht in seiner Hand wie wild zu flackern, und als Jack den Griff seiner Hand etwas öffnete, flog das kleine funkelnde Wunder mit seinem hell leuchtenden Licht heraus und direkt in Jacks Mund hinein. Jack versuchte, sich zu wehren, doch im nächsten Moment hatte er das kleine Licht verschluckt. Staunend konnte er sehen, wie das flackernde Licht durch seine Brust in seinen Bauchraum wanderte und dann erlosch. Noch immer unfähig, zu begreifen, was da gerade mit ihm geschah, hob Jack den Blick und als er jetzt zu dem Abc-Buch sah, konnte er jeden Buchstaben erkennen. »A B C«, sprach er. Mehr noch, als er seinen Mund erneut öffnete, formten seine Lippen und seine Zungen Wörter, und zum ersten Mal hörte er seine Stimme.

»Ich kann sprechen«, sagte er laut und zitterte beim Klang seiner Worte. »Ich kann sprechen … und lesen! A! B! C! Die Gedanken in meinem Kopf, sie ergeben jetzt einen Sinn.«

Überwältigt von so viel Erkenntnis sackte Jack auf das Kinderbett und schlief sofort mit weit geöffnetem Mund ein. Als nur noch ein leises Schnarchen zu hören war, flog das kleine Licht, nun ganz in Blau, aus ihm heraus.

* * *

Jack schlief tief und fest und spürte nicht, wie sich die Welt um ihn herum erneut veränderte. Als er nach unbestimmter Zeit die Augenlider hob, waren die fremde Wohnung und das Kinderzimmer verschwunden; er lag unter einem fremden grauen Himmel und spürte unter sich harten Asphalt.

Verwundert richtete er sich auf und streckte die steifen Glieder. Er befand sich auf einem großen Platz, mitten in einer Stadt. Es mochte Abend sein oder früher Morgen, das Licht war grau und diesig. Ein großes Schild verkündete, dass sich dieser Ort irgendwo in »Berlin« befand, doch keine Menschenseele war zu sehen.

»Hallo?« Jacks Stimme klang dumpf in dieser fremden, menschenleeren Umgebung. Warum war hier niemand? Ein Schlagen in seiner Tasche verriet ihm, dass das kleine Licht noch immer bei ihm war, und vorsichtig holte er es heraus.

»Hey«, flüsterte Jack und versuchte, die wachsende Verwirrung in seinem Kopf zu bekämpfen. Er verstand weder, wo er war, noch, was hier vor sich ging. Er hatte keine Erinnerung mehr an das, was vorher gewesen war, und doch wusste er, dass es ein »Vorher« gegeben hatte, und auch, dass es andere Menschen geben musste. Was hatte das alles zu bedeuten?

Jederzeit bereit, auf eine drohende Gefahr zu reagieren, machte sich Jack daran, die fremde Stadt barfüßig zu erkunden. Er wollte herauszufinden, ob er wirklich ganz alleine an diesem Ort war. Wieso war er hier? Wer hatte ihn hierhergebracht? Und wie kam er von hier wieder weg? Er war fest entschlossen, die Antworten auf diese Fragen zu finden.

»Ist hier jemand? Hallo? Kann mich irgendjemand hören?«

Die Wände der stummen grauen Häuser warfen seine Stimme zurück. Niemand antwortete ihm. Langsam schritt Jack durch die Straßen. Er ging weiter in Richtung Osten und erreichte bald den Spreekanal. Keine Menschenseele begegnete ihm, die Stadt schien völlig verlassen. Schließlich blieb Jack stehen und griff in seine Tasche. Er holte das blaue Licht hervor.

»Wenigstens bist du noch hier«, sagte er. Das Licht flackerte.

»Mir kommt das alles so bekannt vor.«

Das Licht flackerte erneut und warf einen hellen Schein in einem weiten Radius, doch es schwieg. Jack seufzte. Er fühlte sich unendlich allein und einsam, so als sei er der letzte Mensch auf der Welt. Autos parkten am Straßenrand, in den Schaufenstern der Geschäfte leuchteten Reklameschilder, auf Anzeigetafeln wurde das Wetter angezeigt. Von Menschen aber fehlte jede Spur.

Ein diffuses Zwielicht lag über der Stadt, das nicht allein von den Wolken am Himmel stammen konnte.

Der Klang seiner barfüßigen Schritte auf dem Asphalt war seltsam dumpf, so als ginge er nicht durch eine Stadt, sondern durch einen geschlossenen Raum. Jack konnte sich keinen Reim darauf machen. An einem niedrigen Wohnungsfenster blieb er stehen und spähte hinein. Im Inneren war es dunkel, nur eine schummrige Stehlampe beleuchtete eine karg eingerichtete Wohnung. Ihr Stil war zeitlos und minimalistisch; ein Sofa, das nicht sonderlich bequem aussah, stand in der Mitte auf einem Teppich, daneben ein Tisch und ein Bücherregal. Das Zimmer kam Jack bekannt vor, doch als er versuchte, die Erinnerung zu fassen und ihr Leben einzuhauchen, löste sie sich auf wie Nebel.

Das kleine blaue Licht schwebte neben ihm her, schweigend und zugleich tröstend. Jack wandte sich ab und blickte zum Himmel. Die schweren grauen Wolken hingen tief über den Dächern und wirkten undurchdringlich wie eine dichte Decke. Plötzlich zuckte ein gleißend heller Blitz über den Himmel, gefolgt von einem ohrenbetäubend lauten Donnergrollen. Jack fuhr zusammen und duckte sich unwillkürlich. Als er wieder nach oben sah, entdeckte er einen tiefen Riss, der quer über den Himmel zu verlaufen schien und schwarz wie die Nacht war. Er richtete sich auf und versuchte, sein klopfendes Herz zu beruhigen. Seine ersten Gedanken beschäftigten ihn. »Ich glaube, hier zu sein, aber woher? Ich kann fühlen und denken, aber woher? Wer bin ich, wenn ich alleine bin?«

Der Spreekanal wälzte sich träge durch sein Betonbett. Jack lehnte sich an das Geländer und blickte nach unten. Das Wasser war trüb und beinahe grau, als spiegelte es lediglich den Himmel. Für einen Moment dachte Jack darüber nach, was wohl geschähe, wenn er in das Wasser spränge und ob es sich erneut um einen Durchgang handelte, doch nach seiner beängstigenden Erfahrung in der Badewanne ließ er von diesem Vorhaben ab.

Als er an einer U-Bahn Haltestelle vorbeikam, hörte er auf einmal ein lautes Rattern, und Wind blies ihm entgegen. Jack blieb kurz stehen, ehe er mit schnellen Schritten die Treppen nach unten ging. Auch der U-Bahnsteig war leer und verlassen, doch das Beben der Gleise und der heranbrausende Wind kündeten die Ankunft einer U-Bahn an. Die Blätter einer Zeitung wehten an ihm vorüber. Einem Impuls folgend, bückte sich Jack und hob eines von ihnen auf. Es zeigte die zarten und verletzlichen Gesichtszüge einer jungen Frau, die mit weit aufgerissenen Augen auf etwas starrte, das hinter der Kamera lag. Ihr Ausdruck verriet Angst und etwas, das Jack erst bei näherem Hinschauen als Verzweiflung erkannte. Die Beschriftung des Fotos bestand aus nur zwei Wörtern: *Prinzessin Koma*. Jack las den Namen der schönen Fremden mehrmals laut, und etwas in ihm reagierte darauf, auch wenn er sich sicher war, diesen Namen nie zuvor gehört zu haben. Die Schönheit der jungen Frau berührte ihn so tief, dass ihn ihr Anblick beinahe schmerzte. Unwillkürlich streckte er die Finger aus und berührte ihre Wangen, die fein geschwungenen Lippen und die dunklen Wimpern über den traurigen Augen. Sie trug ein atemberaubendes Kleid aus langem, fließendem Stoff, das sie umgab wie ein lebender Organismus und helle, makellose Haut zur Geltung brachte. Jack empfand Bedauern darüber, dass das Foto nur Schwarz-Weiß war, doch bei diesem Gedanken verwandelte sich das Foto auf einmal und bekam Farbe.

Komas Haut nahm einen elfenbeinfarbenen Ton an, der sich an ihren Wangen in leichtes Rosa verwandelte. Ihr Haar, das in sanften Wellen bis über die Schultern fiel, trug nun die Farbe von flüssigem Gold, auf das die Sonne schien. Ihr Kleid war weiß wie frisch gefallener Schnee. Ein Zittern durchlief Jacks Körper. Koma war wunderschön, die schönste Frau, die er je gesehen hatte, und noch schöner, als er sie sich in seinen Träumen hätte ausmalen können.

Der Windzug wurde stärker, er zerrte an der Zeitung und riss sie Jack aus den Händen. Hilflos musste er zusehen, wie Komas Gesicht vom Wind davongewirbelt wurde und im schwarzen Schlund des U-Bahn-Tunnels verschwand. Wenige Augenblicke später fuhr unter lautem Getöse eine U-Bahn ein. Sie war gelb, trug aber keine Anzeige, und natürlich war auch sie menschenleer. Als sie angehalten hatte, sprang die Tür direkt vor Jack auf. Er überlegte nicht lange, schritt durch die Tür und setzte sich auf einen der Sitze mit dem bunten Muster. Kaum hatte er Platz genommen, setzte sich die U-Bahn ratternd wieder in Bewegung. Müll und liegen gelassene Zeitungen flogen zwischen den Sitzen herum, so als hätten vor wenigen Sekunden noch Menschen in dem Waggon gesessen. Das Gefühl der Einsamkeit in Jacks Brust verstärkte sich und drohte ihm für einige Sekunden fast den Atem zu nehmen. Jack holte tief Luft und versuchte, seine Gedanken zu ordnen. »Wo sind die Menschen? Wo ist das Leben? Und was mache ich hier?«

Warum nur fühlte sich sein Kopf an, als gäbe es darin lauter Räume, die er nicht betreten konnte? Er wusste, dass sich die Antworten auf all seine Fragen in seinem Kopf befanden, doch wann immer er sie fassen wollte, verflüchtigten sie sich, und die Türe zu den Räumen wurden ihm vor der Nase zugeschlagen.

Die dunklen Tunnel der künstlichen Eingeweide der Stadt

rauschten an ihm vorbei, unterbrochen nur von den unterirdischen Bahnhöfen, die verlassen waren, als hätten sich alle Bewohner in Luft aufgelöst. In vielen Fenstern brannte noch Licht. Irgendwann stand Jack auf, und prompt hielt die U-Bahn an. Die Tür schwang quietschend auf, und im nächsten Moment befand er sich wieder auf einem zugigen, einsamen Bahnsteig. Sein Blick blieb an einem übergroßen Plakat hängen, das zur Hälfte abgerissen war. Der Windhauch der abfahrenden U-Bahn erfasste es und wehte den nach unten geklappten Teil wieder nach oben. Jack zuckte zusammen, als hätte er einen Stromschlag bekommen. Auch das Plakat zeigte Prinzessin Koma als Mode-Ikone. Sie trug ein weißes Kleid und schaute ihn aus sehr ernsten Augen an. Es war unverkennbar, dass Koma sich vor etwas fürchtete, etwas, das ihr unendlich große Angst machte, und sie war ganz allein. Das Bedürfnis, sie zu finden und zu beschützen, wurde mit einem Mal übermächtig.

»Wo bist du?«, flüsterte Jack. Das Licht, das über seiner Schulter schwebte, intensivierte sein blaues Leuchten, als sei das die Antwort auf seine Frage. Das Licht flog über eine Treppe nach oben, und ohne darüber nachzudenken, folgte Jack ihm. Oben empfing ihn wieder das trübe Zwielicht. Direkt neben dem Aufgang lag ein kleines Lebensmittelgeschäft. Jack legte seine Hand auf die Türklinke und drückte sie nach unten. Zu seiner Verwunderung ließ sich die Tür öffnen, und er betrat den Laden. Ein süßlicher, muffiger Geruch stach ihm in die Nase. Vor ihm reihten sich Körbe und Regalreihen mit frischem Obst und Gemüse und anderen Lebensmitteln. Jack griff nach einem Apfel mit einer tiefroten Schale. Der fruchtige Geruch stieg ihm in die Nase, und er biss ein Stück ab. Der Apfel schmeckte süß und saftig, das Fruchtfleisch war weich, und ein Feuerwerk an Aromen explodierte auf seiner Zunge. Er nahm noch einen Bissen, doch auf einmal verwandelte sich der köstliche Geschmack, wurde unangenehm und schließlich faulig. Angeekelt spuckte Jack das Apfelstück aus. Der Apfel in seiner Hand war auf einmal mehlig, die Schale verschrumpelt und voller schwarzer Stellen – ungenießbar. Das Erlebnis wiederholte sich noch mit einer Birne, einer Banane und einer Pflaume. Sie alle sahen saftig und lecker aus und beim ersten Hineinbeißen schmeckten sie auch so, doch kaum biss er ein zweites oder drittes Mal ab, verfaulten sie binnen weniger Sekunden. Jack wischte sich angewidert über den Mund und versuchte, den ekelhaften Geschmack loszuwerden. Mutlos ging er wieder nach draußen. Er verspürte keinen Hunger, nur so etwas wie leichte Müdigkeit. Deshalb hielt er Ausschau nach einem Platz, an dem er sich eine Weile ausruhen konnte.

Vor ihm erhob sich die Doppelspitze der Nikolaikirche. Für einen Moment überlegte er, ob er die Kirche betreten sollte, dann ließ er sich auf einer Bank am Spreeufer nieder und schloss kurz die Augen. Im nächsten Augenblick war die Stadt mit ihren verlassenen Straßen verschwunden.

Die Vergangenheit, sie verschwindet so schnell!
Und dabei macht sie uns.

II
Real und einsam

Als Jack die Augen wieder öffnete, befand er sich in einem großen Raum, der aussah, als sei er Teil einer Bibliothek. Lange Reihen von Bücherregalen erstreckten sich links und rechts von ihm. Er lag auf dem Rücken, unter ihm befand sich ein fleckiger Teppichboden. Irritiert setzte sich Jack auf und blickte sich um. Auch dieser Ort kam ihm vage bekannt vor, doch wieder konnte er sich nicht daran erinnern, woher. Neugierig betrachtete er die Bücher in dem Regal, das ihm am nächsten stand. Es war eine Sammlung von Gedichten unterschiedlicher Dichter, die sich alle mit dem Thema der Träume beschäftigten. Das erste Gedicht stammte von dem österreichischen Schriftsteller Hugo von Hofmannsthal:

Mensch!
Verlornes Licht im Raum,
Traum in einem tollen Traum,
Losgerissen und doch gekettet,
Vielleicht verdammt, vielleicht gerettet,
Vielleicht des Weltenwillens Ziel,
Vielleicht der Weltenlaune Spiel,
Vielleicht unvergänglich, vielleicht ein Spott,
Vielleicht ein Tier, vielleicht ein Gott.

Jack las, und die Worte blühten in seinem Herzen auf wie eine kostbare und seltene Blume. Er ließ sich im Schneidersitz auf dem durchgescheuerten Teppichboden mit den vielen Flecken nieder und begann, gierig die Zeilen zu lesen. Sein Herzschlag beschleunigte sich, er fühlte sich seltsam aufgeregt. Er blätterte durch die

Seiten, suchte nach neuen Zeilen, die sein Innerstes so berührten, und wurde fündig:

Traum ist Brokat, der vor dir niederfließt.
Traum ist ein Baum, ein Glanz der geht, ein Laut –
ein Fühlen, das in dir beginnt und schließt ist Traum;
ein Tier das dir ins Auge schaut ist Traum;
ein Engel, welcher dich genießt, ist Traum.
Traum ist das Wort, das sanften Falles in dein Gefühl
fällt wie ein Blütenblatt,
das dir im Haar bleibt: licht, verwirrt und matt –,
hebst du die Hände auf: auch dann kommt Traum,
kommt in sie wie das Fallen eines Balles –;
fast alles träumt –, du aber trägst das alles.

Das hatte Rainer Maria Rilke geschrieben. Jack hatte das Gefühl, der Dichter hätte jedes Wort an ihn gerichtet. Er schlug das Buch zu und griff nach einem anderen. Es war kein richtiges Buch, mehr ein schmales Heft. Es trug den Titel: »Das Leben ist ein Traum« und stammte von dem spanischen Dichter Pedro Calderón de la Barca, der im 17. Jahrhundert in Spanien gelebt hatte. Gebannt floss Jacks Aufmerksamkeit durch die Zeilen; jedes Wort war wie ein Regentropfen, der in seinem Inneren etwas zum Blühen brachte.

Denn in den Räumen dieser Wunderwelt ist eben
Nur ein Traum das ganze Leben;
Und der Mensch, das seh ich nun
Träumt sein ganzes Sein und Tun,
Bis zuletzt die Träum' entschweben.

Erneut lief ein Zittern durch Jacks Körper, so tief ergriffen war er von diesen Worten, auch wenn er nicht zu sagen vermochte, weshalb. Verwirrt schob er den Band zurück, erhob sich und ging zu einer der anderen Regalreihen, in der jede Menge dicke Wälzer standen. Jack blieb stehen und zog einen von ihnen heraus.

Es handelte sich um eine Enzyklopädie, die sich mit der europäischen Fauna und Flora beschäftigte. Zu jedem Stichwort gab es einen kurzen Eintrag, zu einigen auch Fotos. Staunend betrachtete Jack die Bilder und las lautlos die Worte und Begriffe. Es kam ihm so vor, als hätte er sie alle schon einmal gelesen, gesehen, berührt und erlebt, doch irgendwann vergessen – und jetzt entdeckte er sie von Neuem. Er schob das Buch zurück in das Bücherregal und zog ein anderes heraus. Es war eine Ausgabe von Shakespeares »Romeo und Julia«. Schon nach den ersten Zeilen hatte ihn die tragische Liebesgeschichte in ihren Bann gezogen. Die kunstvolle Sprache und der Rhythmus der Reime entfalteten in seinem Kopf eine klingende Melodie, und Jack gab sich ihr hin, ließ sich davontragen und in die Geschichte hineinziehen. Er fieberte mit Romeo der Begegnung mit Julia entgegen, erlebte den Trennungsschmerz der beiden und schließlich die schreckliche Verzweiflung über ihre unmögliche Liebe, bis er seine eigenen salzigen Tränen auf den Lippen schmeckte. Mit dem Ärmel seines Kutschermantels wischte er sie fort. Es fiel ihm schwer, sich von dem Buch zu lösen, doch es gab noch so viele andere zu entdecken. Der ganze, riesige Raum war voll von Büchern zu allen möglichen Themen: Gedichte, Lexika, Romane, Sachbücher, Kinderbücher, Bildbände. Wahllos zog er ein weiteres hervor, einen schmalen, zerlesenen Band mit angegilbten Seiten. Es handelte sich um eine Kurzgeschichte von Leo Tolstoi und trug den Titel »Was ich im Traume sah«. Wieder ging es um eine tragische Liebe, diesmal in Russland zu einer anderen Zeit, und wieder war Jack so davon fasziniert, dass er nicht aufhören konnte zu weinen, während er las. Das blaue Licht schwebte friedlich über ihm.

So ging es weiter. Jack las sich quer durch viele Bücher, sog die Wörter, das Wissen in sich auf, als sei es Nahrung, nach der er völlig ausgehungert war. Zeit spielte keine Rolle, sie schien nicht zu existieren. Außerhalb dieses Ortes, dieser kleinen schäbigen Bibliothek, schien überhaupt nichts zu existieren, denn zugleich war die ganze Welt hier drinnen. Das letzte Buch, das er in die Hand nahm, war eine Sammlung der Gedichte des persischen Dichters Rumi aus dem 13. Jahrhundert.

Die Liebenden finden sich nicht irgendwo am Ende. Sie lebten, der eine in dem anderen, von Anfang an.

Wieder und wieder las er diese Worte, sog sie auf in sich, prägte sie sich ein, denn sie enthielten eine Wahrheit, die er noch nicht begreifen konnte, die aber zu einem anderen Zeitpunkt seinen Hunger stillen würde. Jack holte tief Luft und wischte sich die Tränen von den Wangen. Warum nur schmerzte alles so sehr? Warum fühlte sich alles an, als sei es nicht real, sondern nur eine Illusion, gemacht, um ihn zu irgendetwas zu bringen? Doch was es war, das konnte er beim besten Willen nicht herausfinden. Hinter seinen Schläfen regte sich ein klopfender Schmerz.

Langsam ließ er das Buch sinken. Was nur hatte all das zu bedeuten? Wieso kam es ihm so vor, als bewegte er sich in einer Welt, die nur so aussah wie die richtige Welt, aber eher den Charakter einer Kulisse hatte, und in der alles, was er sah, hörte, schmeckte oder las, etwas mit ihm zu tun hatte, so als sei es ein Teil von ihm? Zum ersten Mal seit langer Zeit wurde er sich des Lichts gewahr, das dicht bei ihm schwebte. Kam es ihm nur so vor, oder wurde das Licht der Neon-Leuchten in der Bibliothek plötzlich schwächer? Jack fühlte sich müde.

»Fast alle Autoren, die diese Dinge schrieben, sind schon lange tot«, sagte er zu dem Licht. »Viele von ihnen starben, ohne dass sie wussten, dass ihre Wörter mich einmal erreichen würden. Ist das nicht tragisch?«

Das Licht schwieg, wie immer.

Jack rollte sich auf dem Boden zusammen.

»Ich finde, du solltest einen Namen bekommen«, sagte er zu dem Licht. »Wie könntest du heißen?« Er grübelte eine Weile darüber nach. »Wie wäre es mit Leonardo, Amy oder Otto?«

Nichts davon wollte passen.

»Ich weiß ja noch nicht einmal, was oder wer du bist und weshalb es dich gibt. Oder mich …«, sagte Jack müde und gähnte ausgiebig.

Vom vielen Nachdenken wurde ihm schwindelig, und er schloss erneut die Augen.

»Mama«, war das letzte Wort, das ihm über die Lippen kam, bevor er einschlief.

Er hätte wissen müssen, was als Nächstes geschah – und genauso war es. Binnen weniger Augenblicke verschwand die Bibliothek …

Kurz träumte Jack davon, in einer Kapuzenjacke aus einer Stadt zu fallen. Er fiel vom Asphalt Richtung Skyline in die Weite des Himmels. Aus Angst machte er seine Augen zu …

* * *

… und fand sich am Fuße des Eiffelturms wieder.

Über Paris, der Stadt der Liebe, lag ein sanfter rötlicher Schimmer. Ob es die Morgenröte oder der Sonnenuntergang war, vermochte Jack nicht zu sagen, denn ansonsten herrschte auch in dieser Stadt das gleiche triste Zwielicht. Er lag auf einer kleinen Grünfläche direkt vor dem Eiffelturm. Hinter ihm floss die Seine vorbei. Das blaue Licht schwebte vor ihm, und wenn Jack es nicht besser gewusst hätte, dann hätte er gesagt, dass es beinahe fröhlich auf und ab hüpfte.

»Danke, dass es dich gibt.«, flüsterte Jack, während er aufstand und sich den Staub aus den Kleidern klopfte.

Er blickte sich um. Die grauen Betonschluchten und die hoch aufragenden Häuser mit ihren abweisenden Fassaden gefielen ihm nicht; er fühlte sich unwohl, eingeengt.

»Lass uns in eine Bibliothek gehen«, sagte er zu dem Licht. »Kannst du mich zu einer bringen?«

Das Licht flog voraus, und Jack folgte ihm. »Nicht so schnell«, rief Jack dem Licht hinterher. Das blaue Licht flog so schnell, dass Jack gezwungen war zu laufen. Schon bald erreichten sie die Bibliothek des Klosters Sainte-Geneviève im 5. Arrondissement. Nie zuvor hatte Jack eine solch riesige Einrichtung gesehen. Ihr Stahlgerüst war deutlich zu erkennen, vermutlich hatten die Erbauer es so angelegt, damit die Bücher kein Raub der Flammen werden konnten.

Das Vestibül mit seinem Boden aus Marmor und den griechischen Säulen war mehr als beeindruckend, doch am meisten faszinierten Jack die Büsten der Dichter und Schriftsteller, die in langen Reihen links und rechts an den Wänden hingen. Der Lesesaal war riesig; die Reihen der Buchregale reichten weiter, als er schauen konnte.

Ehrfurchtsvoll blieb Jack stehen. So viel Wissen, so viele Gedanken von so vielen Menschen. Wo waren sie jetzt? Lebten sie durch ihre Gedanken weiter? Erweckte er sie neu zum Leben, wenn er in ihren Büchern las?

Langsam ging er weiter. Er blieb vor einem Löwenkopf aus Marmor stehen, der an einer Wand hing. Täuschte er sich, oder hatte ihm der Löwe gerade zugezwinkert? Plötzlich riss das Raubtier sein gewaltiges Maul auf und zeigte eine Reihe messerscharfer Zähne in seinem Rachen. Ein markerschütterndes Brüllen war zu hören. Erschrocken machte Jack einen Satz zurück und stolperte dabei beinahe.

»Aaargh«, brüllte der Löwe. »Was willst du hier, Eindringling?«

Jack kämpfte gegen seine Angst an. Mühsam rappelte er sich auf.

Das blaue Licht flatterte über seinem Kopf in wilden Auf- und Abwärtsbewegungen herum. Jack war aufgeregt und zugleich fasziniert vor dem mächtigen Anblick des sprechenden Löwen aus Marmor.

»Ich bin hier, um zu lesen«, erklärte er bestimmt.

Der Löwe musterte ihn und leckte sich mit seiner Zunge das Maul.

»Was glaubst du, wer du bist? Dies ist ein Ort der Dichter und Denker. Und was bist du?«

Jack runzelte die Stirn.

»Ich bin Träumer«, sagte er. Diese Worte kamen einfach aus ihm heraus, ohne dass er sie vorher gedacht hatte, und dennoch wusste er, dass sie wahr waren.

»Ich kann dein Herz sehen«, sagte der Löwe. Als Jack an sich herunterschaute, sah auch er sein Herz durch seine Jacke hindurch schlagen. Es pulsierte in intensivem Rot und schickte Ströme in seinen ganzen Körper.

»Nur wer über ein schlagendes Herz verfügt, darf meine Bücher berühren«, sagte der Löwe, nun sanftmütiger.

Jack blickte erneut zu seinem Herzen, das sich in regelmäßigen Abständen zusammenzog und schlug.

»Du hast ein starkes Herz«, bemerkte der Löwe. »Ein schlagendes Herz voller Kraft und Mitgefühl. Du darfst den Büchersaal betreten.«

Jack lächelte erleichtert.

»Danke«, sagte er. »Ich weiß nicht, woran es liegt, aber nur in Bibliotheken fühle ich mich so … real.« Das Wort kam ihm seltsam vor, doch es passte. Draußen, zwischen den Häuserschluchten und in den menschenleeren Straßen, hatte Jack das Gefühl, sich durch eine unwirkliche, künstliche Welt zu bewegen, eine Illusion, hervorgerufen, um seinen Verstand zu täuschen. Der Löwe hatte sich längst wieder in leblosen Marmor verwandelt.

Jack betrat den Lesesaal und begann, zwischen den Regalreihen herumzustreifen. Hier im Erdgeschoss befanden sich viele alte und seltene Schriften. Er blätterte in ihnen herum, doch was dort stand, erschien ihm viel zu kompliziert und theoretisch. Er sehnte sich nach etwas anderem, nach Geschichten, die sein Herz berührten. Das Licht schwebte voraus, und er betrat die anderen Säle. In einem von ihnen wurde er fündig. Dort reihten sich Liebesromane aus allen Epochen aneinander. Jack zog einige von ihnen hervor und begann, darin zu lesen. Er las die Geschichte von »Daphne und Chloe«, die sich verzweifelt liebten und immer wieder getrennt wurden, er erkundete die Geschichte des Prinzen Genji, eines japanischen Adeligen, der vor mehr als 1000 Jahren gelebt hatte, er erfuhr, was den Protagonisten in Shakespeares »Sommernachtstraum« widerfuhr, sprang durch die Zeilen von »Die Schöne und das Biest«, schmökerte in den Märchen von Hans-Christian Andersen und lernte so, wie die Liebe zu allen Zeiten den Menschen Schmerz und Schönes bereitete. Nach einigen Stunden klappte er das Buch zu.

»Liebe …«, sagte er zu dem Licht. »Was heißt das wohl? Mir kommt es so vor, als ob ich auch dieses Wort kenne, mehr als nur den Wortsinn, der sich aus den Geschichten ergibt, doch ich kann mich nicht erinnern, ob ich jemals die Liebe erlebt habe.«

Seine Gedanken wanderten zu der berückend schönen Prinzessin Koma, deren liebliches Gesicht unablässig in seinen Gedanken auftauchte. Ein tiefes Gefühl der Sehnsucht regte sich in ihm, so stark, dass sich sein Herzschlag beschleunigte. Wenn er doch nur wüsste, wie ihre Stimme klang oder ihre Haut roch. Ob er es jemals herausfinden würde? Immer wieder versetzten ihre vor Angst geweiteten Augen ihm einen Stich.

»Ich wünschte, ich könnte sie finden«, flüsterte er. »Ich wünschte, ich wüsste, wo sie ist, doch ich verstehe ja noch nicht einmal, wo ich selbst bin. Diese Stadt sieht aus wie Paris, doch es ist nicht Paris, nicht das echte Paris, mit Menschen, Autos, Leben. Hier scheint alles nach anderen Regeln zu verlaufen und verändert sich ständig. Woher soll ich wissen, was real ist? Bin ich überhaupt real?«

Diese Frage ließ eine Welle der Verzweiflung durch Jack hindurchfluten. Er konnte die Antwort darauf nicht finden.

»Wenn ich denke, dann gibt es mich, oder? Ich könnte nicht denken, wenn ich nicht real wäre?«, versuchte er, einen logischen Schluss zu fassen, doch tief in seinem Inneren wusste er, dass er sich in einer Welt bewegte, in der die Gesetze der Logik außer Kraft gesetzt worden waren.

Betrübt stand Jack auf und beschloss, sich nach anderen Büchern umzusehen, die ihn aufheitern konnten. Nach einer Weile gelangte er zu den Kinderbüchern. Ihre Einbände waren mit bunten und fröhlichen Zeichnungen verziert, und er zog einige von ihnen heraus, um in ihnen zu blättern. Die Geschichten, die er las, brachten ihn zum Schmunzeln. Es ging um sprechende Tiere, um Elfen, Prinzessinnen und Drachen, um Feuerwehrmänner, um Autos und um Kobolde. Immer wieder stieß er auf die Worte »Mama« und »Papa«, und wieder war da dieses Echo in seinem Inneren, eine emotionale Reaktion auf Worte, die er nur abstrakt mit Bedeutung füllen konnte.

»Wo sind meine Eltern?«, fragte er das Licht. »Ich muss doch auch eine Mutter und einen Vater haben. Wo sind sie? Wie kann ich sie finden?«

Das Licht flackerte und schwieg, woraufhin das Gefühl der Einsamkeit in Jack so stark wurde, dass es ihm für einen Moment den Atem nahm.

Er schob die Kinderbücher wieder zurück und blickte an sich herunter. Die Kleider, die er trug, kamen ihm auf einmal irgendwie unpassend vor, so, als hätte nicht er selbst sie sich ausgesucht, sondern als hätte jemand anderes das für ihn getan.

»Ich glaube, ich sollte mich umziehen«, sagte er zu dem Licht, und gemeinsam verließen sie die Bibliothek. Gedankenverloren wanderte er durch die ausgestorbenen Straßen. Nur der Wind begleitete ihn, fuhr ihm durchs Haar oder ließ eine Papiertüte für ihn tanzen; so gab er ihm die Illusion, nicht allein zu sein. Während er durch die Stadt lief, deren sternenförmige Straßen alle in das Zentrum führten, versank Jack in immer tieferes Grübeln. Etwas war mit ihm geschehen, das fühlte er. Etwas hatte ihn hierhergebracht und dabei seine Erinnerungen gelöscht, sodass er nicht mehr wusste, woher er gekommen war. Doch wie sollte er das herausfinden? Diese Gedanken trieben ihn fast in den Wahnsinn. Warum war er hier? Was war seine Aufgabe? Und wer konnte ihm endlich Antworten geben? Die Bücher hatten ihn mit Wissen, mit wundervollen Worten, mit Geschichten und Gefühlen versorgt, doch Antworten hatte er keine darin gefunden. Auch sein Verstand konnte ihm keine geben, denn er wusste viel zu wenig über die Welt, in der er sich bewegte.

Auf den Champs-Élysées reihten sich viele Geschäfte aneinander, doch in keinem befanden sich Kunden oder Verkäufer. Jack betrat einen Laden und begann, in der Auslage zu stöbern. Er zog ein buntes Hemd hervor, eine quietschgelbe Hose, sogar einen Anzug, der wohl für eine Frau gemacht war. Alles streifte er über und betrachtete sich im Spiegel. Der Mann, den er ansah, war ein Fremder. Das Gesicht schmal mit hohlen Wangen, ein markantes Kinn, eine fein geschwungene Nase, große ausdrucksstarke dunkle Augen, das dunkelblonde Haar kurz geschoren. Die Haut an seinen Wangen trug dunkle Schatten, und er dachte darüber nach, dass er sich rasieren musste. Rasieren? Woher wusste er, was das war und wie man es tat? Jack unterdrückte den Impuls, laut zu schreien, seiner Verzweiflung und Ratlosigkeit Luft zu machen. Er legte die Kleider beiseite und entschied sich schließlich für eine Jacke mit grauer Kapuze, eine dunkelblaue Jeans und einen schwarzen Pullover, dazu bequeme graue Treter. Jack blickte sich erneut im Spiegel an, und nun weckte der Anblick ein Gefühl der vagen Vertrautheit. War das er? Aber wer war er?

In seinem neuen Outfit verließ er den Laden. Draußen hatte der Wind aufgefrischt und wehte einige Zeitungsblätter an ihm vorbei. Sofort erkannte Jack das Antlitz von Prinzessin Koma. Rasch fing er eines der Blätter ein. Es war ein anderes Foto von ihr, diesmal aufgenommen in einem dunklen, verliesähnlichen Raum. Wieder waren ihre Augen weit aufgerissen, die Lippen schmal und blass. Darunter stand wieder nur »Prinzessin Koma gesucht«. Jack faltete das Blatt zusammen und steckte es in seine Tasche.

»Scheint, als sei sie der einzige reale Mensch in dieser Welt, doch ich habe keine Ahnung, wo sie ist und wie ich sie finden kann. Ich habe das Gefühl, dass ich sie kenne, und irgendwie auch nicht. Alles hier ist anders, wie in einem Raum, in dem man alle Möbel an eine andere Stelle gestellt und die Wände neu gestrichen hat. Es kommt mir bekannt vor, und doch ist alles ganz anders. Es ist zum Verrücktwerden! Oder bin ich bereits verrückt? Ist all das hier Ausdruck meines Wahnsinns? Bilde ich mir das alles nur ein und befinde mich in Wirklichkeit festgebunden in einer Irrenanstalt?«

Diese Vorstellung flößte ihm große Angst ein und so verwarf er sie gleich wieder. Er wandte seine Schritte zurück zum Eiffelturm, der hoch in den Himmel ragte, ein Monster aus Stahl, gebaut in einer anderen Zeit als Symbol für Fortschritt und den Sieg der Technik, heute nur noch ein Relikt.

»Zeit«, murmelte Jack, als er das Bauwerk betrachtete. »Zeit vergeht und verändert Dinge, doch sie braucht die, die handeln, Menschen, Jahreszeiten, Tageszeiten, Tiere, Insekten, Bakterien. Wo sind sie alle? Existiert hier Zeit? Bin ich älter geworden, seit ich das erste Mal aufgewacht bin? Was war gestern und was ist morgen? Wie soll ich das wissen, wenn ich jedes Mal an einem anderen Ort aufwache? Und was, wenn ich nicht nur an einem anderen Ort aufwache, sondern auch zu einer anderen Zeit? Würde ich es ohne andere Menschen bemerken?«

Erneut spürte er, wie sich in seinem Inneren ein Abgrund aus

Angst und Ungewissheit auftat, und tapfer machte er sich daran, den Turm zu erklimmen. Es dauerte sehr lange. Er hätte auch den Aufzug nehmen können, doch dessen ausgeschaltete Lichter verrieten ihm, dass er nicht in Betrieb war.

Oben angekommen, stellte Jack fest, dass sich die Dämmerung behutsam über die Stadt legte. Außer der Straßenbeleuchtung und den Lichtern der Geschäfte wurde kein Licht angeschaltet, aber von hier oben sah es fast so aus, als sei die Stadt belebt, als liefen dort unten lauter sehr beschäftigte Menschen herum. Doch Jack wusste, dass das eine Täuschung war. Er war allein, mutterseelenallein, nur das Licht war bei ihm.

»Mama«, flüsterte er, und das Licht kam näher.

Über ihm, am dunklen Firmament, begannen die Sterne zu funkeln, erst schwach, dann immer deutlicher. Jack lehnte sich zurück und schaute in den Sternenhimmel. Immer mehr und mehr Sterne entdeckte er, je länger er schaute. Täuschte er sich, oder hörte er Musik? Tatsächlich, eine Melodie drang zu ihm. Sie schien direkt von den Sternen zu kommen, sanfte Laute eines Klaviers, einer Violine und dann eines ganzen Orchesters. Lauter und lauter wurde die Melodie, schwoll an und erfasste Jack und sein tapfer schlagendes Herz, erfüllte ihn ganz und gar und spülte all die angstvollen Gedanken fort. Frieden breitete sich in ihm aus, und er schloss die Augen, um in tiefen Schlaf zu sinken.

* * *

Als er diesmal erwachte, befand er sich an Bord eines Flugzeugs und schwebte hoch über den Wolken. Vor dem Fenster sah er die Tragflächen und darunter das weiße Wolkenbett. Panik flutete seinen Körper, und Jack sprang jäh aus seinem Sitz. Er rannte durch das Flugzeug bis zum Cockpit und riss die Tür auf. Die Armaturen blinkten, und das Steuerrad bewegte sich, aber ansonsten war der Raum menschenleer. Vor Angst wurde ihm einen Moment lang schwindelig. Sein Mund war ausgetrocknet. Das Blut rauschte ihm in den Ohren. Bislang hatte er sich diese Frage noch nicht gestellt, aber was war, wenn ihm etwas geschah? Konnte er sterben? Oder würde er dann nur wieder woanders aufwachen?

»Ich muss einschlafen«, flüsterte Jack und fuhr sich hektisch mit der Hand durch das Haar. »Immer, wenn ich einschlafe, wache ich woanders wieder auf. Das muss ich jetzt auch tun, damit ich aus diesem verfluchten Flugzeug wegkomme.« Er ging zu einem bequemen Sitz in der 1. Klasse und setzte sich hin. Sein Herz schlug wie verrückt, doch er presste die Augenlider zusammen und versuchte, sein Gehirn zum Einschlafen zu bringen. Es musste ihm gelingen, bevor dem Flugzeug der Treibstoff ausging und er abstürzte, doch je mehr er sich darauf konzentrierte, umso weniger wollte sich der Schlaf einstellen. Erst als Jack an Prinzessin Koma dachte, entspannte er sich und schlief ein. Das Letzte, woran er dachte, bevor er einschlief, war, dass er an einem Ort aufwachen wollte, der Antworten für ihn bereithielt.

* * *

Das Läuten einer großen Glocke weckte Jack. Er öffnete die Augen und erkannte, dass er sich in London befand, in unmittelbarer Nähe des Big Ben, der gerade zur vollen Stunde schlug. Die Autos standen hier anders als in Berlin. Kalter Regen schlug ihm in feinen Fäden ins Gesicht, und Jack schloss rasch den Reißverschluss seiner Jacke. Der Himmel über der Stadt hatte etwas Bedrohliches an sich, die tiefschwarzen Wolken waren schwer wie Blei, und zwischen den Häusern breitete sich eine Art Nebel aus, der einem die Sicht nahm.

Rasch griff Jack in seine Tasche und stellte zu seiner Erleichterung fest, dass das Licht bei ihm war.

»Mama«, flüsterte er, und das Wort hatte etwas Tröstendes und Beruhigendes. Dann schaute er sich um. Er war auf den Stufen eines großen Museums wach geworden. Neugierig stieg er die Treppe hinauf und las, was auf dem Schild über dem Eingang geschrieben war.

»Museum des Schlafes« stand dort in großen goldenen Lettern.

»Ein Schlafmuseum? Was soll das denn sein? Davon habe ich noch nie gehört«, wunderte sich Jack. Er dachte an die unangenehme Erfahrung, allein in einem fliegenden Flugzeug aufzuwachen, und entschied, das Museum zu besuchen. Er trat durch die Tür und fand sich in einer kleinen Eingangshalle wieder, in der ein großer Plan mit den verschiedenen Ausstellungsräumen hing. Jack studierte den Plan, dann ging er zum Eingang der ersten Halle. In ihr befanden sich Kunstwerke aus allen Jahrhunderten, die schlafende Menschen zeigten, etwa der »Mittagsschlaf in der Kunst« von Vincent van Gogh oder der »Der Schlaf der Vernunft gebiert Ungeheuer« von Goya. Vor jedem Bild blieb Jack stehen und betrachtete es. Friedlich wirkten die schlafenden Menschen, sorgenfrei fast, und doch war da noch eine andere Empfindung, die tiefer lag, und die ein intensives Gefühl in seinem Herzen auslöste. Schlafende Menschen hatten etwas unendlich Verletzliches, fand Jack. Er verließ die Halle mit den Kunstwerken und betrat den nächsten Ausstellungsraum. Filmplakate und Vitrinen zeigten Bücher und Filme, in denen es um Schlaf oder besser gesagt um Schlaflosigkeit ging. Der Film »Fight Club« wurde ebenso präsentiert wie der Suizid durch Schlaflosigkeit in »Schlafes Bruder«. In der nächsten Halle wurde erklärt, weshalb Tiere und Menschen überhaupt schliefen und was währenddessen mit ihren Körpern und ihren Seelen geschah. Das führte Jack zur größten von allen Hallen, über deren Eingang in großen schlichten Buchstaben das Wort »Traum« stand.

Er ging hinein und hatte das Gefühl, dass sich die Welt um ihn herum veränderte. Die Halle war angefüllt mit Kunstwerken, in denen es um Träume ging. Jack erfuhr, dass schon in der Bibel Träume als Hinweis auf die Zukunft gelesen wurden. Die Aborigines in Australien sprachen gar von einer »Traumzeit«, in der man in direktem Kontakt mit den Fäden der Schöpfung stand, die Indianer Nordamerikas hielten die Welt der Träume für realer als die des Wachseins. Odysseus erhielt seinen Einfall mit dem trojanischen Pferd während eines Traumes, und Alexander der Große träumte von der Stadt Alexandria, in der sich einst die größte Bibliothek der Geschichte befunden hatte, bevor er sie baute. Träume hatten zu allen Zeiten den Menschen als Omen, als Voraussagung, als Hinweis auf die Zukunft und auf das Vergangene gedient. Psychologen wie Sigmund Freud und C. G. Jung hatten versucht, die Bedeutung der Träume zu entschlüsseln. In der Wissenschaft glaubte man lange, Träume seien nicht mehr als willkürliche Bilder des schlafenden Geistes, zusammengesetzt aus dem, was man am Tag erlebte, doch die letzten beiden Tafeln in der Halle zeigten etwas anderes: Inzwischen wusste man nämlich, dass Träume die Selbstheilungskraft der Seele sind, mit denen sie Ereignisse verarbeitet und den Geist mit neuen Ideen versorgt.

»Scheint, als hätten die Indianer und Aborigines gar nicht so unrecht gehabt«, dachte Jack und schaute auf die letzte Tafel. Sie trug die Überschrift »luzides Träumen«. Es ging dabei um Techniken, die dabei halfen, sich während des Träumens bewusst zu werden, dass man träumte, und dann die Träume zu verändern. Jack studierte die Tafel lange, dann aber schien das Licht ungeduldig zu werden. Es hüpfte auf und ab, stieß sich von den Wänden ab und schwirrte vor seinem Gesicht herum, bis sich Jack bereit erklärte, das eigenartige Museum zu verlassen. Während er die Stufen hinunterging, dachte er nach.

»Schlaf und Traum, das gehört zusammen. Aber ich schlafe nicht und ich träume nicht. Immer, wenn ich einschlafe, werde ich sofort wieder an einem anderen Ort wach. Darüber konnte mir das Museum nichts sagen. Ich werde wohl weiterziehen und mehr über diese Welt und ihre Gesetze lernen müssen, bevor ich endlich nach Prinzessin Koma suchen kann.«

Er zog das Blatt mit ihrem Gesicht aus seiner Tasche und berührte es zärtlich mit den Fingerspitzen.

»Ich werde dich finden«, flüsterte er. »Ich verspreche es dir. Wo immer du auch bist, ich werde dich finden und ich werde dich retten!«

Ob Koma ebenso verzweifelt und allein war wie er selbst? Allein die Hoffnung, dass dieses Mädchen irgendwo da draußen sein könnte, trieb ihn an, sie zu suchen.

»Wir dürfen keine Zeit verlieren«, sagte er zu dem Licht. Dann rollte er sich auf den Treppenstufen zusammen und konzentrierte sich darauf, einzuschlafen.

III
Jack Dreams

Von jetzt an sprang Jack schneller zwischen den Welten von A nach Unbekannt. Als Nächstes erwachte er in der afrikanischen Savanne. Heiß brannte ihm die Sonne, die als glutroter Feuerball am Himmel stand, auf den Kopf; sein Mund war trocken und ausgedörrt. Jack fand Spuren riesiger Tiere im trockenen Boden, doch kein Zeichen, dass sie noch hier lebten. Aus Angst vor ihnen kletterte er auf einen Baum und schlief erneut ein. Seine nächste Station war eine Bergspitze hoch oben. Hier heulte der Wind, und eisiger Schnee umhüllte ihn. Binnen Sekunden waren seine Finger klamm gefroren, und seine Wangen brannten; davon abgesehen waren seine Füße im Schnee verschwunden. Sein Kutschermantel war viel zu dünn für die Witterung hier oben. In einiger Entfernung machte Jack eine kleine Wetterstation aus. Die Tür war verschlossen, deshalb trat Jack so lange gegen sie, bis sie sich öffnete. Das Innere war vollgestopft mit Messgeräten und Technik, doch es gab auch eine schmale Pritsche, auf die sich Jack legen konnte. Das Heulen des Windes sang ihn in den Schlaf.

* * *

Er erwachte als Nächstes in einer gewaltigen Kathedrale, deren Kuppel sich über ihm wölbte. Er lag auf einer der Kirchenbänke, und der unverwechselbare Geruch von Weihrauch drang ihm in die Nase. Ein prunkvoller Altar mit einer riesigen Jesus-am-Kreuz-Statue thronte über dem Chor der Kirche, deren Wände und Seitenschiffe nicht minder prächtig ausgestattet waren. Überall schimmerte Gold. Es gab eine Mariendarstellung, die Jesu Mutter voller Schmerzen zeigte, außerdem ein Bildnis des Erzengels Michael, der sein Schwert schwang, um die Dämonen zu töten, und der einst Luzifer persönlich in die Hölle verbannt hatte. Jack betrachtete die Darstellung und erkannte ihre Schönheit und Kunstfertigkeit, doch in ihm regte sich nichts, so als hätten sie nichts mit ihm zu tun.

»Glaube«, sagte er, »Wieso kommen Menschen an so einen Ort, der mit so viel Kunst ausgestattet ist, und beten einen Mann am Kreuz an? Das verstehe ich nicht.«

Er legte sich wieder auf das harte Holz der schmalen Kirchenbank und schlief, den Geruch von Weihrauch in der Nase, erneut ein. Im letzten Moment wünschte er sich, an einem anderen heiligen Ort wieder aufzuwachen.

* * *

Sein Wunsch wurde ihm erfüllt. Als Nächstes schlug Jack die Augen in einem riesigen Wald aus alten Eichen auf. Er lag auf einem der umgestürzten Stämme der uralten Baumriesen. Die Luft war frisch und duftete köstlich, zarter Sonnenschein fiel durch das Blätterdach und kitzelte ihn an der Nase, und das Rauschen der Blätter erschien ihm wie die lieblichste Melodie, die er je gehört hatte. Zum ersten Mal, seit er sich erinnern konnte, hatte Jack das Gefühl, an einem »echten« Ort zu sein, nicht nur an einem Platz in seiner Fantasie. Das kleine Licht leuchtete diesmal grün und kreiste im Tanz mit dem Wind. War es seine Fantasie, die hier Regie führte? Oder die eines anderen? Doch warum war er dann hier? Wieder begannen sich Jacks Gedanken im Kreis zu drehen, und seine Freude an der Schönheit des Waldes war vergangen.

Jack richtete sich auf, warf den Kopf in den Nacken und stieß einen Schrei aus, so laut, dass er ihm in den Ohren gellte. Er schrie und schrie, bis seine Stimmbänder versagten und er heiser war; er schrie seine Verzweiflung, seine Sehnsucht, seine Angst und seine Hoffnungslosigkeit hinaus in den Wald, in der Hoffnung, dass ihn irgendjemand hörte, doch nachdem er verstummt war, war da nur wieder diese entsetzliche Stille, untermalt vom Rauschen der Blätter. Wo waren all die Tiere aus den Büchern? Ob krabbelnde

Insekten oder kriechende Reptilien, wo sind sie? Sind diese Tiere etwa alle ausgestorben? Werde ich all diese wunderbaren Wesen niemals sehen dürfen?

Tränen schossen aus seinen Augen und liefen seine Wangen hinab, doch Jack tat nichts, um sie abzuwischen. Das Weinen tat gut, es erleichterte ihn, doch es linderte seine Not nicht. Unter Tränen schlief er schließlich wieder ein, ohne sich vorher zu wünschen, an einem bestimmten Ort wieder aufzuwachen.

* * *

Noch bevor er diesmal die Augen öffnete, wusste Jack, dass er sich am Meer befand. Er schmeckte die salzige Luft auf der Zunge und hörte das unverwechselbare Rauschen der Wellen. Weicher Sand formte ein Bett für ihn. Jack richtete sich auf und ließ versonnen seinen Blick über den menschenleeren Strand wandern, der links und rechts von hohen Felsen begrenzt war. Gewaltige Wellen schlugen mit Kraft an das Ufer, sie schäumten und spülten kleine Steine und Muscheln an. Jack fuhr mit seiner Hand durch den Sand und betrachtete die Muscheln, jede von ihnen einzigartig, jede von ihnen perfekt. Der Himmel über ihm war endlos, wolkenlos und hellblau. Jack legte sich auf den Rücken, bewegte Arme und Beine und beobachtete das Licht, das über ihm tanzte. Plötzlich begann Jack zu lachen. Das Lachen brach einfach aus ihm heraus wie eine Naturgewalt. Erst war es nur ein Kichern, dann ein Prusten und schließlich krümmte er sich vor Lachen und hielt sich den schmerzenden Bauch. Er lachte und lachte, bis er so erschöpft war, dass er sofort wieder einschlief.

* * *

Der nächste Ort waren verlassene Bahnschienen, die durch ein heruntergekommenes Viertel führten. Der Himmel trug eine dunkel-lila Farbe. Die Häuser waren klein und verfallen, viele hatten zerbrochene Fensterscheiben. Unrat flog herum, die Zäune waren kaputt, Farbe blätterte ab, und der Asphalt war löchrig. Jack lief durch einige Straßen, um zu sehen, was es mit diesem Ort auf sich hatte. Das kleine Licht, das ihm folgte, war blau.

»Erstaunlich, wir kommen der Sache immer näher.«, sagte der Mann mit dem Helm an der Straßenseite. Hype kam langsam aus dem Schatten hervor.

»Bist du ein Mensch?«, fragte Jack sehr überrascht.

»Das wäre ich gerne, doch leider bin ich nur ... der Hype«, antwortet Hype. Seine Augen leuchteten dunkelblau, wenn er sprach.

»Hype?«, sprach Jack nach und wollte es wissen. »Ich suche ein Mädchen, ihr Name ist Prinzessin Koma. Kannst du mir weiterhelfen?«

Hype starrte Jack eine Weile an. »Nein!«, war seine Antwort. Er ging nach vorne zu seinem Motorrad und setzt sich darauf. Jack fragte erneut. »Ich will die Wahrheit! «, schrie er dem Hype hinterher.

Hype drehte sich zu ihm um und begann zu sprechen. »Ob zu Fuß, per Auto, Flugzeug oder mit anderen Mitteln: Wenn du es schaffen solltest, mich einzuholen, würde ich dir sofort die Wahrheit geben, die du suchst. Aber es ist leider unmöglich, den Hype einzuholen. Das würde dir niemals gelingen. Nicht einmal in deinen größten Träumen, Jack Dreams.«

»Wer ist Jack Dreams?«, fragte Jack den Hype.

»Du«, antwortete Hype, während Jack ihn ratlos anstarrte.

»Die andere Frage lautet eher: Wie weit würdest du für die Wahrheit gehen wollen?«, sagte Hype und machte dabei den Motor an.

»So weit mich die Füße tragen, Hype!«, schrie Jack.

»Du reduzierst dich immer noch zu sehr auf deinen Körper, Jack Dreams.« Schnell drückte Hype auf das Gaspedal und war weg bis auf die Staubwolken, die sein Motorrad hinterließ. Jack Dreams schaute auf den dunkel-lila Himmel und sprach seinen Namen, während er nachdachte. »Jack Dreams. Ist das wirklich mein Name? Und womit könnte ich ihn einholen, um an die Wahrheit zu kommen?«

Auf einer etwas breiteten Straße entdeckte er ein Auto. Es war golden, ein Oldtimer. Als Jack näher kam, entdeckte er, dass es sich um einen Delta 88 Royale 455 handelte, der da am Straßenrand stand. Ehrfürchtig berührte er das Auto und spähte durch die Scheiben.

»Der Schlüssel steckt … sollte ich?«, fragte er das blaue Licht, das wie zur Antwort flackerte. Jack dachte nicht lange nach, sondern öffnete die Tür und schwang sich auf den Fahrersitz. Wenige Sekunden später brauste er mit dem Wagen über verlassene Landstraßen durch eine ihm fremde Landschaft, auf der Suche nach dem Mann mit dem Helm. Kein Auto kam ihm entgegen, dabei waren die Ampeln eingestellt. Jack fuhr und fuhr, er trat das Gaspedal durch und beschleunigte immer schneller. Keine Spur von Hype. Mit quietschenden Reifen nahm Jack Dreams die Kurven. Er hatte keine Angst vor einem Unfall, denn aus irgendeinem Grund ging er davon aus, dass ihm ohnehin nichts Ernsthaftes geschehen konnte. Plötzlich holt ihn ein mysteriöser Fremder auf einem Motorrad ein. »Wer ist das?«, fragte sich Jack und versuchte, den Mann in seinem Rückspiegel zu erkennen. Als er näher kam, sah Jack, dass es der geheimnisvolle Hype mit seinem speziellen Motorradhelm war. »Was? Der schon wieder?«, fragte sich Jack erneut.

Hype schaute kurz zu Jack und überholte ihn mit einer sehr hohen Geschwindigkeit. In nur wenigen Sekunden war der Fremde verschwunden. »Krass!«, sagte Jack voller Begeisterung und wurde übermütig, wobei er immer mehr auf das Gaspedal drückte. Das blaue Licht flackerte plötzlich rot.

Bei der letzten Kurve verschätzte er sich, der Wagen geriet aus der Spur. Jack verriss das Lenkrad, und das Auto schoss über die Begrenzung. Für einige atemlose Sekunden schwebten sie im freien Fall in der Luft, bevor der Oldtimer krachend wieder aufkam. Der Motor erstarb. Jack schüttelte sich und sah an sich herunter. Plötzlich stieg eine Erinnerung an einen anderen Unfall in ihm auf. Jack sah, wie sich ein Auto überschlug, und spürte eine Welle von Angst. Hatte er selbst einmal einen solchen Unfall gehabt? Oder jemand anderes? Warum konnte er sich nicht erinnern?

Mühsam tauchte er aus der Erinnerung auf. Ihm war nichts geschehen, keinen Kratzer hatte er abbekommen, doch das Auto war ein Totalschaden.

»Schade«, sagte Jack und kletterte aus dem demolierten Oldtimer. Er ließ das Autowrack neben der Straße zurück und ging zu Fuß weiter, bis er zu einer Brücke kam, die über einen schwindelerregend tiefen Abgrund führte. Weit unten schlängelte sich ein Fluss durch die Landschaft. Dunkle Wolken versperrten den Blick zum Himmel, doch der Wind trieb sie rasch weiter. Jack ließ sich im Schneidersitz nieder und blickte ihnen nach, bis ihm die Müdigkeit die Augen schloss.

* * *

Etwas war diesmal anders, das spürte Jack sofort. Er war nicht allein. Sofort riss er die Augen auf. Er befand sich auf dem Dach eines Hochhauses, irgendwo in einer fremden Stadt. Dieser Übergang war seltsam, was hatte das zu bedeuten? Das Licht flackerte immer noch rot.

Er hörte Explosionen und sah Rauch vor sich aufsteigen. In der Ferne konnte er einen Drachen ausmachen, der wütend durch die Hochhäuser hindurch flog. Ein schreckliches Szenario, das Jack irgendwie in seinen Bann zog. Er sah, wie der Drache durch das benachbarte Hochhaus flog und danach um ihn herum alles verwüstete; auch das Gebäude, auf dem sich Jack selbst befand, war längst betroffen. Von irgendwo kamen ihn diese Bilder bekannt vor.

»We love to entertain you«, sprach jemand neben Jack. Dicht vor ihm stand ein Junge, der in einen roten Apfel biss und ihn mit höhnischen Augen anstarrte.

Jack sprang auf. »Wer bist du?«

Der Junge sagte nichts und schleuderte den Apfel vom Hochhausdach.

»Dein Albtraum! Was ist eigentlich deine Mission?«

Jack senkte den Blick.

»Ich weiß es nicht«, gestand er. »Ich habe keine Ahnung, wo ich bin und wie ich hierhergekommen bin.«

Der Fremde verengte die Augen zu schmalen Schlitzen. Es war schwer, sein Alter zu schätzen; er mochte noch ein Teenager sein, vielleicht war er aber auch schon älter. Trotz seiner schlanken Figur verrieten seine Bewegungen, dass er athletisch und muskulös war. Sein Haar trug er kurz geschoren, sodass man seine Haarfarbe nicht erkennen konnte. Das Seltsamste an ihm aber waren seine Augen. Sie leuchteten für einen Augenblick rot wie Feuer und verwandelten sein jungenhaftes Gesicht in eine Fratze.

»Es spielt keine Rolle«, sagte er und machte bedrohlich einige Schritte auf Jack zu. »Denn in dieser Welt ist kein Platz für uns beide.«

Jack wich unwillkürlich zurück.

»Was meinst du damit? In dieser Welt? Was ist das für eine Welt?«

In den Augen des Jungen loderte abgrundtiefer Hass. Ihre Farbe veränderten sich nun in Tiefschwarz, und Jack war sich sicher, nie zuvor etwas Böseres gesehen zu haben.

»Du wirst verlieren, Jack.«

Jack hörte erneut diesen Namen. »Woher kennst du mich?«, fragte er.

»Jeder hasst dich hier, Jack, und jeder kennt dich. Für mich bist du nichts als eine Plage. Alles, wonach ich trachte, ist, dich zu vernichten! Dich zu demütigen und dir alles zu nehmen, was du liebst. Ich lache, wenn du weinst; ich genieße es, wenn du leidest, und ich bin glücklich, wenn du unglücklich bist!«

Jack stolperte über den abgefallenen Reifen seines Autos, und ihm fiel der Zettel mit dem Abbild von Prinzessin Koma aus der Tasche. Der Junge sah das Foto und reagierte verwunderlich. »Sie?«, sprach der Fremde. Der Rauch machte die Wolken immer dunkler und dunkler.

Jack zerrte den Zettel mit der Prinzessin hervor.

»Und was ist mit ihr? Kennst du sie? Kannst du mir sagen, wo ich sie finde?«

Das Lachen des Jungen wurde noch lauter. Es dröhnte in Jacks Ohren und ließ seinen Herzschlag rasen.

»Du Narr«, brüllte der Junge, der nun bis auf wenige Schritte herankam.

»Du wirst sie niemals finden, hörst du? Ihre Geschichte ist bereits geschrieben. Sie gehört mir! Mir!«

Im Augenwinkel sah Jack das rot flackernde Licht, das am Rand des Hochhausdaches auf und ab hüpfte, als wollte es ihm etwas sagen. Der Junge breitete die Arme aus und schien sich auf Jack stürzen zu wollen, doch er schlug einen Haken und rannte auf das Ende des Daches zu, dorthin, wo sich das Licht befand. Der Junge war ihm dicht auf den Fersen. Sein vor Hass und Wut verzerrtes Gesicht hatte nichts Menschliches mehr, und seine nach Jack ausgestreckten Arme wirkten wie Klauen. Jack rannte so schnell er konnte, obwohl seine Muskeln bereits brannten; schließlich hatte er das Ende erreicht. Das Hochhaus war viel höher, als er angenommen hatte. Die Straße und die Autos wirkten von hier oben winzig klein. Jack wandte sich ein letztes Mal dem Angreifer zu und gab ihm ein Versprechen. »Doch, ich werde sie finden. Ich werde Prinzessin Koma finden«, dann stürzte er sich kopfüber in die Tiefe. Das Lächeln des dämonischen Jungen verging nicht, und für einen Moment meinte Jack, hinter ihm eine Gestalt mit einem Motorradhelm stehen zu sehen.

Im Fallen drehte er sich. Zu seinem Entsetzen musste er feststellen, dass der Fremde ebenfalls gesprungen war und nun mit einem teuflischen Grinsen direkt auf ihn zukam, als wüsste er irgendeinem Trick, um das Fallen zu beschleunigen.

Jack stieß einen Schrei aus und drehte sich erneut. Der Asphalt raste unaufhörlich auf ihn zu, bis zum Aufprall waren es nur noch wenige Sekunden. Jack schloss die Augen, riss sie aber sofort wieder auf.

Die Straßen, die Stadt, die Häuserflucht – all das war verschwunden. Stattdessen befand sich nun überall Feuer. Flammen, die hochschlugen und versuchten, ihn zu packen, die ihn verbrennen, auffressen wollten, gierig und tödlich.

»Nein«, flüsterte Jack. »So darf es nicht enden. Ich muss sie finden.« Er presste die Lider zusammen, erwartete jede Sekunde, den unerträglichen Schmerz der Flammen auf seiner Haut zu spüren, bevor er das Bewusstsein verlor, doch nichts dergleichen geschah. Weich wurde Jack von einer Sanddüne aufgefangen, die ihn sogleich verschluckte, dann aber auch wieder ausspuckte.

* * *

Als Jack sich aufrappelte, war der teuflische Junge mit den hasserfüllten Augen verschwunden, und er lag auf einer vom Regen nassen Asphaltstraße. Langsam richtete er sich auf. Die Wolken waren pink, und es schien Abend zu sein. Links und rechts der Straße duckten sich niedrige Häuser. Es sah aus wie in einer Vorstadt oder einem Dorf. In der Ferne blinkte einsam das Licht einer einzelnen Ampel. Sie schaltete von Rot auf Grün, obwohl kein Auto weit und breit zu sehen war. Jack griff in seine Tasche und holte das Licht heraus. Es flackerte weiß im Regen.

»Wo sind wir hier?«, flüsterte Jack. Das Licht flog voraus, und er folgte ihm. Er hatte keine Ahnung, wohin er ging. Seine Schritte klangen dumpf auf dem Asphalt.

»Wenigstens wissen wir jetzt, dass es noch mehr wie mich gibt, allerdings sind nicht alle so gut gelaunt«, sagte er nachdenklich. Die Worte des Jungen kamen ihm in den Sinn. Was hatte er damit gemeint? Und wie konnte er erreichen, dem Jungen erneut zu begegnen? Er Der Fremde konnte ihm bestimmt etwas über Koma und ihren Aufenthaltsort verraten, doch nun war es zu spät.

»Wir werden andere treffen«, sagte Jack entschlossen, während er durch die Nacht stapfte.

Die Straße wurde in regelmäßigen Abständen von Straßenlaternen gesäumt. Feine Regentropfen nieselten auf Jack, durchnässten sein Haar und weichten seine Kleider auf. Seine Schuhe begannen zu quietschen, und sein Atem stand ihm in kleinen Wolken vor dem Gesicht. Am Ende der Straße tauchte ein einzelnes Haus auf. Autos parkten davor, die Fenster waren dunkel. Jack zählte drei Etagen, jede von ihnen hatte zwei exakt gleich große, dunkel verschalte Balkone. Etwas zog Jack dorthin. Unschlüssig blieb er direkt unter einer der Straßenlaternen stehen. Die Autos, die Nummernschilder und auch das Haus wirkten vertraut, so als sei er schon einmal hier gewesen, auch wenn er sich nicht daran erinnern konnte. Etwas unterschied diese Welt von den anderen, ohne dass Jack sagen konnte, was es war. Die Nacht kam in Sekundentakt.

»Hey, du«, sagte eine Stimme. Jack sah sich um, konnte aber niemanden entdecken.

»Hier drüben«, sagte die Stimme. Sie kam von einem der Balkone im Erdgeschoss.

»Wer ist da?«, fragte Jack.

Ein Kopf tauchte über der Balkonbrüstung auf. Er gehörte einer jungen Frau mit schwarzen Locken. Ihre Augen waren groß, das Gesicht schmal, ebenso wie ihre Schultern. Sie rauchte eine Zigarette und blies den Rauch in großen kunstvollen Wolken aus.

»Wer bist du?«, fragte Jack.

»Die Frage ist doch, wer bist du«, entgegnete die Frau lachend.

»Ich weiß nicht, wer ich bin. Ich versuche, es herauszufinden, doch immer, wenn ich einschlafe, wache ich an einem anderen Ort auf. Ich weiß weder, wo ich bin, noch weiß ich, wer ich bin«, gestand Jack.

»Das klingt, als hättest du dich in deinen Träumen verloren«, meinte die Frau, so als sei das etwas ganz Alltägliches. »Die Antworten auf unsere Fragen liegen immer direkt vor uns, auch wenn wir nach ihnen in der Ferne suchen.«

Erst jetzt konnte Jack sehen, dass ihre Pupillen stark erweitert waren. Sie trug einen übergroßen, ausgeleierten Pullover und eine schlabbrige Jogginghose. In der Dämmerung war ihr Alter schwer zu schätzen, doch Jack nahm an, dass sie noch jung war, nur wenig älter als er. Die Wohnung hinter ihr lag im Dunkeln, lediglich das Licht einer Kerze flackerte in einem Windlicht auf dem Tisch neben ihr. Für einen Moment glaubte Jack, ausgelassene Stimmen zu hören, das Klirren von Gläsern, gedämpfte Musik, doch der Eindruck verschwand so schnell wieder, wie er aufgetaucht war. Das kleine Licht schwebte über Jack wie ein weißer Stern.

»Komm her, leiste mir Gesellschaft«, sagte die Frau. Jack kletterte über den Balkon und setzte sich zu ihr in einen der niedrigen, aber sehr bequemen Sessel. Die Lehne war nach hinten geklappt, sodass er automatisch den Blick hinauf zum verregneten Nachthimmel erhob. Zwischen den Wolken funkelten die Sterne.

Die Frau schwieg und rauchte, während sie die Sterne betrachtete. Dann schaute sie Jack an.

»Hörst du es?«, fragte sie ihn.

»Was?«

»Höre genau hin!« Ihre Lider waren geschlossen.

Auch Jack schloss die Augen und lauschte angestrengt. Erst vernahm er nur das Rauschen des Regens und die Geräusche des Windes. Dann aber war da etwas, das wie ein Klopfen klang, ein tiefer, regelmäßiger Basston, dröhnend und fast vibrierend. Ein Gefühl von Vertrautheit regte sich in Jack.

»Erkennst du, was es ist?«, fragte die Frau, und ihre Augen funkelten. In diesem Moment ging ein Leuchten von ihr aus, das heller war als jeder Stern, doch auch dieser Eindruck verschwand sofort wieder. Jack blinzelte und rieb sich die Augen. Jetzt spielten ihm schon seine Sinne Streiche.

Als Jack nicht antwortete, sagte sie: »Es ist der Herzschlag deiner Mutter, *der* großen Mutter, der von außen an deine Welt klopft.«

Jack schwieg. Er fühlte sich seltsam. Die Gedanken in seinem Kopf waren eigenartig schwerelos; sie schwebten ziellos herum, stießen gegeneinander und ließen sich nicht festhalten, wie Luftballons.

»Warum bin ich so allein?«, fragte er.

»Du bist nicht allein, Jack. Du bist niemals allein«, antwortete die Frau.

»Was ist das für eine Welt? Weshalb kann ich mich nicht daran erinnern, wo ich herkomme? Wo war ich, bevor ich hierherkam? Und was hat es mit diesem Jungen und mit Koma auf sich?«

»Alle Antworten liegen vor dir. Du kannst sie nur nicht sehen.« Die Frau kicherte. »Die Menschen denken immer, sie müssten die Antworten auf ihre Fragen in der Ferne suchen, in Büchern oder bei ihrem Therapeuten. Dabei ist alles, worauf es ankommt, dass wir die Augen offenhalten. Denn alles, was uns umgibt, weist auf uns zurück.«

Jack runzelte die Stirn.

»Ich habe keine Ahnung, was das heißen soll«, gab er zu.

»Ich auch nicht«, kicherte die Frau. Dann wurde sie wieder ernst.

»Alles um dich herum erzählt dir Geschichten von dir. Es gibt keine Welt, keine Realität, außer in deinem Kopf. Wusstest du, dass das Gehirn nicht dazwischen unterscheiden kann, ob wir uns etwas vorstellen oder ob wir es tatsächlich erleben? Ob wir einen Film ansehen, träumen oder wirklich da sind? Das heißt, dass es im Inneren unseres Kopfes keinen Beweis dafür gibt, dass die äußere Welt wirklich existiert. Weißt du, was das heißt?«

Jack zuckte mit den Achseln. Es fiel ihm immer schwerer, seinen Gedanken zu folgen, die sich in die Lüfte erhoben und in unendliche Weiten davonschwebten.

»Das heißt, dass alles, was du siehst, von dir erschaffen wurde oder ein Teil von dir ist.«

»Ein Teil von mir? Von mir erschaffen? Scheiße, ich bin doch nicht Gott«, erwiderte Jack lachend, der den Gedanken amüsant fand. Das Licht vollführte einen eigenartigen Tanz auf der Balkonbrüstung.

»Natürlich bist du Gott, Jack. Wir alle sind es. Du erschaffst deine Wirklichkeit. Niemand sonst.«

»Wenn das stimmt, warum habe ich dann keine Kontrolle? Warum weiß ich nie, wo ich als Nächstes lande? Warum verstehe ich nicht, was mit mir geschieht?«

»Du wirst es verstehen«, sagte die Frau.

»Okay, also willst du mir sagen, wenn ich mir jetzt zum Beispiel vorstelle, dass sich direkt vor mir, da auf dem Tisch, eine schöne, saftige rote Tomate befindet, dann wird sie sich materialisieren wie in irgendeinem abgefahrenen Science-Fiction-Streifen?«

Die Frau kniff die Augen zusammen und sah ihn auf eine eigenartige Weise an. Jack blickte zu dem Tisch. Er stellte sich das Bild einer Tomate so intensiv vor, wie er konnte, dachte an den Geruch, den Saft, die kleinen Kerne im Inneren, doch eine Tomate sehen konnte er nicht.

»Solange du nicht an dich glaubst, solange du denkst, du seist nur ein Spielball in einem grausamen Spiel fremder Mächte, solange bestimmt das deine Realität. Doch wenn du anfängst, die Rolle zu wechseln, weg vom Schauspieler, hin zum Regisseur, zum Drehbuchautor, dann ändert sich auf einmal alles«, sagte die Frau.

»Du allein bestimmst dein Schicksal, niemand sonst. Es gibt keinen Gott, keine Vorherbestimmung, es gibt nur dich. Und wenn dir das klar wird, dann erkennst du erst, wie unendlich alleine du bist.«

Auf einmal spürte Jack einen Kloß im Hals.

»Aber warum sollte ich das wollen?«, fragte er heiser.

»Weil es keinen anderen Weg gibt, Jack. Es gibt nur die Wahrheit, und die Wahrheit ist weder gut noch schlecht, sie ist einfach wahr. Sie wird dich befreien und dir die Last deiner Fragen nehmen.«

Sie zwinkerte ihm zu. »Los, wir fliegen zu den Sternen!«

»Aber wie …« – Jack kam nicht dazu, seine Frage zu Ende zu formulieren. Im nächsten Moment fand er sich auf dem Beifahrersitz eines alten Schulbusses wieder, der wie ein Raumschiff durch das Weltall glitt, vorbei an Sternen und Sonnensystemen. Er sah aus dem Fenster nach unten und entdeckte die Erde, klein, grün und blau und unendlich verletzlich. Die Sterne funkelten und leuchteten in einer Intensität, die ihm den Atem raubte. Er war sich sicher, noch nie etwas Schöneres gesehen zu haben.

»Juchu«, jubelte die Frau, die am Steuer des alten Busses saß, »das nenne ich mal einen Trip. Ist das nicht fantastisch?«

Jack nickte zögernd. Dann grübelte er über das nach, was die Fremde gesagt hatte.

»Also sagst du, das alles hier, die vielen Welten, die ich bereise, dieser komische Typ auf dem Hochhausdach und die schöne Prinzessin, das sind alles nur Hirngespinste von mir? Ich habe sie erschaffen, weil mir gerade langweilig war, und meine Erinnerungen anschließend gelöscht, bevor ich mich in diese Welt gebeamt habe?«

Die Frau nickte. »Klingt doch nach einer guten Story.«

»Ich will aber keine Story. Ich will die Wahrheit. Du hast doch gesagt, dass es nur darum geht.«

»Es geht immer um die Wahrheit. Entweder darum, sie zu verbergen, oder darum, sie ans Tageslicht zu bringen. Aber die Wahrheit ist selten so, wie wir sie uns vorstellen. Bist du bereit dafür?«

»Bleibt mir etwas anderes übrig? Ich meine, ich verstehe ja nicht einmal, was hier läuft.«

Er dachte an Komas Gesicht. »Ich weiß nur, dass ich sie finden muss«, sagte er und ballte seine Fäuste.

Die Frau klatschte in die Hände. »Großartig«, rief sie. »Du spielst das Prinzessinnenspiel.«

»Das was?«

Die Frau zeichnete mit ihren Fingern etwas in die Luft, das wie ein großes Rechteck aussah. »Wir alle spielen das Spiel von Tod und Wiedergeburt, Jack. Was die wenigsten wissen: Wir spielen es nicht alleine, sondern in Teams. Das Problem ist: Sobald wir hierherkommen, fällt es uns schwer zu erkennen, wer zu unserem Team gehört und wer der Gegner ist. Je nachdem, wie wir das Spiel bestehen, steigen wir auf oder werden heruntergestuft.«

»Und um was geht es in dem Spiel?«

»Um Erfahrungen. Erkenntnis. Lernen. Das Leben hält uns unablässig Einladungen hin, wie ein Croupier in einem Casino Spielkarten. Wir können sie annehmen oder ablehnen. Wenn wir sie annehmen, gibt es meistens eine Menge zu gewinnen. Die große Liebe, eine große Erkenntnis, Selbstliebe, Heilung. Aber wir können auch noch mehr verlieren. Unser Herz oder unseren Verstand zum Beispiel. Deshalb schlagen viele Menschen solche Einladungen aus. Sie denken, damit schlagen sie dem Leben ein Schnippchen. Doch das Leben kann man nicht austricksen. Es holt sich alle irgendwann, dann eben mit drastischen Mitteln: Krankheiten, Verlust, Unfälle, Katastrophen. So zwingt es uns dazu, dass wir uns selbst stellen, auch unseren Schattenseiten. Denn wer wir sind, das finden wir erst heraus, wenn man uns prüft. Und wir werden alle ständig geprüft.«

»Ist es das, worum es hier geht? Irgendeine kranke Mission?«

»Wenn du es so betrachtest, ja, Jack. Eine besondere Prüfung. Eine, die du dir für dich selbst ausgedacht hast. Du bist zugleich der Erfinder des Spiels und auch eine Spielfigur. Du spielst mit dir selbst, wie ein Kind, dem langweilig ist.«

Jack schwirrte der Kopf. Er seufzte tief. Plötzlich fühlte er sich unendlich müde.

»Du willst deine Prinzessin zurück«, fuhr die Frau fort. »Das ist eines der ältesten Spiele der Welt. Es gibt noch andere Spiele. Es gibt das Spiel mit dem Feuer und es gibt das Spiel um Leben und Tod. Wenn du wissen möchtest, was vorgeht, dann musst du wissen, mit wem du spielst und worum. Es kann sein, dass sich dein Spiel grundlegend von dem der anderen unterscheidet, weil ihre Einsätze viel höher sind. Oder weil du deinen Einsatz nicht kennst.«

Jack dachte wieder an Koma. »Sie ist mein Gewinn.«

Die Frau schnalzte mit der Zunge. »Mag sein. Oder auch nicht. Meistens sind die Dinge nicht so, wie sie auf den ersten Blick scheinen. Und meistens verbirgt sich hinter ihnen viel mehr, als wir auf den ersten Blick ermessen können.«

»Was rätst du mir?«

»Setz deine Reise fort. Sei furchtlos, wo auch immer sie dich hinführt. Lausche denen gut, die dir begegnen, auch denen, die du nicht sofort verstehst. Bedenke, dass alles, was du siehst, ein Hinweis sein könnte, eine verborgene Tür, ein Durchgang. Du musst wissen, dass dir nichts geschehen kann und dass dich am Ende eine große Belohnung erwartet, viel größer, als du jetzt ahnen magst. Du wirst in die tiefste Höhle vordringen, du wirst in den Spiegel blicken, in den schon Inanna schaute, und Dinge erfahren, die du nie für möglich gehalten hättest. Doch hüte dich vor den Schleiern der Täuschung, vor Maya und ihren manipulativen Kräften.«

»Woher weißt du das alles? Und was sind das für Namen? Inanna? Maya?«

»Göttinnen, so alt wie die Zeit, halb vergessen und doch noch immer lebendig. Sie laden dich ein, mit ihnen zu tanzen, so wie sie es seit jeher mit den Menschen getan haben.«

»Hast du nicht eben noch behauptet, ich sei Gott?«

Die Frau lachte, als sei das eine sehr komische Frage, obwohl Jack sie durchaus ernst gemeint hatte.

»Wer bist du? So eine Art Priesterin?«

»Ich? Nein. Ich bin hier nur zu Besuch. Eigentlich gar nicht wirklich hier.« Sie schaute nach hinten. Ihr Blick richtete sich auf etwas, das Jack nicht sehen konnte. Wieder glaubte er, Stimmengewirr zu hören.

Der Bus und die Sterne waren urplötzlich verschwunden, und sie saßen wieder auf dem Balkon im nächtlichen Nirgendwo.

Jack verstand immer weniger von dem, was sie ihm sagte.

»Also habe ich dich vielleicht auch nur erfunden?«

»Oder ich dich«, flüsterte sie.

Sie griff in ihre Hosentasche und holte einen kleinen Gegenstand hervor, den sie auf der Balkonbrüstung platzierte. Es handelte sich um eine winzige Schildkröte, aus Holz geschnitzt.

»Die Ureinwohner Amerikas glauben, die Welt befindet sich auf dem Rücken einer riesigen Schildkröte. Die Europäer dachten immer, wie dumm die Indianer seien, immerhin besteht die Welt ja nicht nur aus einer einzigen Insel. Sie begriffen nicht, dass die Indianer von einer anderen Wirklichkeit sprachen, unendlich vielen Wirklichkeiten, auf denen unser Bewusstsein schwimmt wie eine Schildkröte – und wenn wir schlafen, dann taucht es hinab, in die tiefsten Schichten unserer Seele.«

Jack nahm die Schildkröte hoch und drehte sie behutsam zwischen seinen Fingern. Ihr Holz war sorgsam glatt poliert. Mit den Fingerkuppen konnte er zahlreiche Details erkennen, die in die Oberfläche eingraviert worden waren. Vorsichtig stellte er sie wieder auf die Brüstung.

»Die Realitäten überlagern sich wie dünne Schichten, und es gibt überall Brücken, Gucklöcher, Türen, vor allem in deinen Träumen. Der größte Betrug, den man an den Menschen je begangen hat, ist ihnen weiszumachen, ihre Träume hätten keine Bedeutung, seien nur zufällige Bilder eines schlafenden Gehirns. Träume sind wie ein Kaninchenbau, man stürzt hinein und weiß nicht, in was für einer fantastischen Welt man landet. Manche sind wunderschön, manche friedlich und wieder andere voller Gefahren und Abenteuer.«

»Warum reden und schreiben alle ständig von den Träumen?«, fragte Jack. »Träume ich oder bin ich wach? Wie soll ich das wissen?«

»Du kannst es nicht wissen, Jack. Wir alle wissen es nicht.

Doch wenn du dir bewusst wirst, wirklich durch und durch erkennst, dass du der Architekt deiner Träume bist, dann hältst du den Schlüssel zu einem Geheimnis in der Hand, einem der ältesten Geheimnisse der Menschheit.«

Jack wurde schwindelig. Er fühlte sich berauscht, obwohl er sich nicht daran erinnern konnte, etwas genommen zu haben. Lachen und Musik waren zu hören, lauter als vorhin, und Jack glaubte, im Augenwinkel eine Bewegung in der dunklen Wohnung hinter ihm gesehen zu haben.

»Ich muss gehen«, sagte die Frau.

»Warte …«, rief Jack, doch es war zu spät.

Im nächsten Augenblick war der Stuhl neben ihm leer. Jack seufzte und ließ sich zurücksinken. Nur die Schildkröte befand sich nach wie vor auf der Balkonbrüstung. Er glaubte zwar immer noch nicht, dass er Gott wäre und all das, was die Frau ihm gesagt hatte, aber er glaubte an die Liebe zu Prinzessin Koma, die er sehr stark fühlte. Er schloss die Augen und atmete die feuchte Nachtluft ein, die eine angenehme Kühle auf seiner Stirn verbreitete. Wenige Augenblicke später war er eingeschlafen, und das Licht leuchtete wieder blau.

Berge sind schlafende Riesen, die erst erwachen,
Wenn der letzte Mensch einschläft.

IV
Gesetz der Anziehung

Diesmal erwachte Jack in einer Wüste. Es war weder Tag noch Nacht. Oben am Himmel funkelten die Sterne, und von der Sonne fehlte jede Spur, doch ein eigenartiges diffuses Zwielicht erhellte den feinen Sand, der sich zu Dünen auftürmte. Es war weder kalt noch warm, wie Jack zu seiner Verwunderung feststellte. Er griff in seine Tasche und freute sich, als das Licht hervorkam.

Vorsichtig schüttelte er sich den Sand von den Schultern und aus den Haaren. Mit dem Licht als Wegweiser begann er, einfach in eine Richtung durch den Sand zu laufen. Der Wind spielte mit einer Feder, wehte sie sanft an ihm vorbei. Jack schaute ihr zu und dachte über das nach, was die Fremde ihm gesagt hatte.

»Alles ist ein Hinweis auf mich«, murmelte er, ohne zu verstehen, was sie damit gemeint hatte.

Plötzlich stolperte er über etwas. Er blieb stehen und bückte sich. Ein Stück Metall ragte aus dem Sand. Er zog daran und erkannte, dass es sich um eine Hand handelte. In der Hocke begann er zu graben und legte Stück für Stück einen Roboter frei, dessen metallene Augenlider sich langsam öffneten. Zwei große schwarze Augen blickten ihn an. Der Roboter war beschädigt, Kabel ragten aus seinem Rumpf hervor, und das Metall war an einigen Stellen verbogen.

»Nimm mich«, krächzte er und streckte seine Arme aus.

»Ich weiß nicht, wer du bist«, sagte Jack und stand auf. Um ihn herum war nichts als Wüste. Vor ihm tanzte das Licht über einer Düne. Er wandte sich von dem Roboter ab und ging weiter. Etwas trieb ihn voran. Hinter der nächsten Düne, dort am

Horizont, musste etwas Neues auf ihn warten, irgendeine Antwort statt immer neuer Rätsel. Ein quietschendes Geräusch ließ ihn sich umdrehen. Der Roboter kämpfte sich auf Rollen vorwärts durch den Sand, ihm hinterher.

»Nimm mich!«, flehte er.

Allmählich verwandelte sich das Zwielicht in eine Dämmerung, und dann brach urplötzlich die Nacht herein; sie fiel vom Himmel wie eine Katze von einem Dach. Die Sterne über Jack leuchteten so klar und hell wie nie zuvor. Er blieb stehen und lauschte der Stille. Weit in der Ferne vernahm er das vertraute Pochen eines gewaltigen, mächtigen Herzschlags, doch hier, in der Einsamkeit der Wüste, vermochte es ihn nicht zu trösten. Jack legte sich die Hände an die Stirn und begann zu schreien.

»Was soll das alles? Ich halte das nicht mehr länger aus. Warum bin ich hier? Ist noch jemand hier? Wo komme ich her?«

Er ließ sich mit den Knien nach vorne in den Sand fallen.

»Aaaaaaah!«

»Warum schreist du denn so?«

Jack fuhr hoch. Hinter ihm brannte ein Lagerfeuer, an dem zwei Gestalten saßen. Er war sich sicher, dass sie zuvor noch nicht da gewesen waren.

»Wer seid ihr?«, fragte er.

Eine der Gestalten sah aus wie eine Mischung aus Vogel und Mensch. Im zuckenden Widerschein der Flammen erkannte Jack einen menschlichen Körper, an dessen Armen Flügel hingen und dessen Kopf statt mit Haaren mit einer Federhaube bedeckt war. Nase und Mund wurden durch einen langen, gefährlich aussehenden Schnabel ersetzt. Die andere Gestalt sah aus wie ein Biber.

»Wir haben dich zuerst gefragt«, gab die Vogelgestalt zurück. Langsam kam Jack näher. Das Licht schwebte hoch über ihm, so als wollte es sicheren Abstand halten.

»Das ist Jack Dreams«, tönte der Biber.

»Nein, das glaube ich nicht«, antwortete der Vogelmensch.

»Schau doch hin, er ist es.«

»Ihr kennt meinen Namen?« Jack setzte sich neben sie auf an

das Feuer. Die Wärme der Flammen war angenehm auf seinem von der Nachtluft ausgekühlten Gesicht.

»Es ist kalt in der Wüste«, sagte der Biber.

»Wo sind wir hier?«, fragte Jack.

»Das sollten wir dich fragen. Wir sind erst mit dir hierhergekommen. Vorhin noch saßen wir auf einer Lichtung im Wald, jetzt sind wir hier in der Wüste und sehen dich, Jack Dreams.«

»Warum nennst du mich so?«

»Weil das dein Name ist, Jack Dreams. Und dein Schicksal.«

»Ich suche mehr mein Zuhause als irgendeinen Namen«, sagte Jack. »Den Ort, von dem ich komme.«

»Das suchen wir auch«, erwiderte die Vogelgestalt. »Seit einer Ewigkeit. Und wir sind ihm kein Stück näher gekommen.«

»Ich wache ständig an anderen Orten auf, einer seltsamer als der andere. Ich weiß nicht mehr, wer ich bin, und erst recht nicht, wo ich bin.«

»Dann geht es dir wie uns. Wir sind Reisende, Exilanten, ohne Heimat, ohne Zukunft. Wer nicht weiß, woher er kommt, weiß auch nicht, wohin er geht.«

Der Biber nickte zufrieden über seine eigene Feststellung, so als helfe ihm diese, seine Lage zu verstehen.

»Nimm mich!«, tönte es von Weitem. Niemand am Feuer reagierte darauf.

»Du kannst das Feuer fragen«, schlug der Biber vor. »Manchmal antwortet es.«

Jack sah ihn zweifelnd an, doch das Wesen nickte aufmunternd mit seinem großen Biberkopf. Also beugte Jack sich vor und sagte in Richtung des Feuers: »Warum bin ich hier?«

Der Biber rollte mit den Augen.

»Das war die falsche Frage. Stell die eine, richtige Frage!«

Jack dachte kurz nach, danach konzentrierte er sich mit vollem Herzen und unternahm einen weiteren Versuch: »Warum können wir nicht richtig schlafen?«

»Erst wenn Jack Dreams die Prinzessin Koma befreit hat, wird die Welt der verlorenen Träume wieder frei sein«, knisterte das Feuer.

»Was soll das bedeuten? Wo finde ich sie? Und was ist die Welt der verlorenen Träume? Wieso bin ich hier?«

Der Biber schnalzte mit der Zunge. »Das Feuer antwortet immer nur einmal. Sorry, Kumpel, so sind die Regeln.«

Mutlos ließ Jack seine Schultern sinken.

»Nimm mich!«, rief die Roboterstimme erneut.

»Wer ist das?«, fragte der Vogelmensch.

»Ein trauriger Roboter, der mich verfolgt.«

»Können Roboter überhaupt traurig sein?«

»Dieser schon.«

Jack betrachtete die beiden Gestalten. Sie sahen wirklich aus wie Wesen, denen man nur in Träumen begegnete, doch sie waren so real und echt wie er.

»Wieso reist ihr zu zweit?«, fragte er.

»Tun wir nicht. Manchmal begegnen wir uns zufällig irgendwo, doch sobald wir einschlafen und woanders aufwachen, sind wir wieder getrennt.«

»Also gibt es tatsächlich noch mehr von uns«, stellte Jack fest, der an den bösen Jungen auf dem Hochhausdach dachte.

»Was wisst ihr über Koma?«, wollte er von den beiden wissen.

»Koma, liebliche, schöne, traurige Koma«, sagte der Biber und seufzte. »Sie ist die Prinzessin, deine Prinzessin, Jack. Das ist wichtig.«

»Warum ist es wichtig, dass sie meine Prinzessin ist?«

»Sie ist dein Einsatz und dein Gewinn. Hier in Lost Dreams geht es um nichts anderes als die Frage, ob es dir gelingen wird, deine Prinzessin zu retten.«

»Dazu sind Prinzessinnen nämlich da. Das ist sozusagen ihre einzige Funktion«, bestätigte der Vogelmensch.

»Das hört sich an, als gäbe es unendlich viele Prinzessinnen«, fragte Jack.

»Aber natürlich«, nickte der Biber. »Jeder von uns hat eine Prinzessin, und irgendwann spielen wir immer um sie. Es ist wichtig zu wissen, wer wessen Prinzessin ist.«

»Wo sind eure Prinzessinnen?«, fragte Jack die beiden.

Nach einer kurzen Pause kam auch die Antwort.

»Zum Teufel mit denen!«, antwortete kichernd der Vogelmensch.

»Wenn Koma die Prinzessin ist, wer bin dann ich?«, flüsterte Jack, der mit weit aufgerissenen Augen in die Flammen starrte. Hinter ihm war der Mond aufgegangen, eine helle blassgelbe Sichel.

»Das ist doch einfach, Jack«, sagte der Biber.

»Könnt ihr mir einen Hinweis darauf geben, wo ich sie finde? Ich meine, ihr seid doch schon viel gereist, durch mehr Welten als ich.«

»Sie wird festgehalten vom großen Feind persönlich, tief unten in seiner Unterwelt, wo nichts lebt und nichts wirklich tot ist. Dort, wo man die Seelen quält und die Toten hütet; dort, wo der Winter während des Sommers schläft und wo die Geschicke aller Welten zusammenlaufen.«

»Wer ist der große Feind?«, wollte Jack wissen.

»Der Teufel, Satan, Beelzebub, der Herr der Fliegen, Herrscher der Unterwelt, der, der in deiner Finsternis herrscht und auf den jüngsten Tag wartet.«

»Ich glaube nicht an den Teufel«, gab Jack zurück und wusste nicht, weshalb er das mit solcher Bestimmtheit ausdrücken konnte.

»Was schert das den Teufel?«, fragte der Biber.

»Oder Koma, die von ihm gefangen gehalten und vermutlich in diesem Moment gefoltert wird«, fügte der Vogelmensch hinzu. Bei diesem Gedanken lief Jack ein kalter Schauder über den Rücken.

»Nimm mich!«, piepste die Stimme des Roboters, der inzwischen bis auf wenige Meter herangekommen war.

»Sagt mir, wie ich in diese Unterwelt komme!«, schrie Jack.

Der Biber und das Vogelwesen blickten betreten zu Boden.

»Das wissen wir nicht«, gestand der Biber.

»Aber ich weiß es«, verkündete der Roboter, dessen Innenleben in unregelmäßigen Abständen blinkte.

»Du?«, fragte Jack verblüfft.

»Aber natürlich!«, stöhnte der Biber. »Er ist ein Roboter, und Roboter schlafen nicht. Deshalb ist er schon ewig hier in dieser Wüstenwelt. Keine Ahnung, wie er hierhergekommen ist.«

»Ich bin ein Wegweiser«, sagte der Roboter. »Ein Torhüter.«

»Wo ist es?«, schrie Jack, der aufgesprungen war und den Roboter an seinen metallenen Schultern gepackt hatte.

Der Roboter streckte seinen Arm aus und wies auf ein Bootswrack, das mitten in der Wüste gestrandet war. Sein Mast ragte aus dem Boden. In der Dunkelheit war es nur schemenhaft zu erkennen. Jack wollte schon loslaufen, als ihn der Biber zurückhielt.

»Hier«, sagte er und grinste ihn mit seinen großen Zähnen an. Er hielt Jack einen kleinen Beutel hin.

»Was ist das?«

»Beutel mit nix. Es bringt nix. Und es bringt auch nix es zu haben, aber trotzdem hast du es. You know?«

»Danke«, sagte Jack und stürmte los. Der Roboter und das Licht folgten ihm langsam und in einiger Entfernung.

Das Boot bestand nur noch aus einem Holzgerippe. Kurz fragte sich Jack, wie es wohl hier mitten in die Wüste gekommen war, beschloss dann aber, diese Frage unbeantwortet zu lassen. Er kauerte sich in den Bauch des Schiffes und blickte hinaus in die Wüste. Der Roboter war in das Boot gestiegen und war jetzt mit dem kleinen Licht ebenfalls an Bord.

»Du darfst nicht einschlafen«, mahnte ihn der Roboter.

»Werde ich nicht«, versprach Jack und schlang seine Arme um seine Knie. Die Zeit verging und blieb doch stehen. Die Nacht schien ewig zu dauern. Irgendwann, als Jack gerade zum wiederholten Male die Lider zugefallen waren, spürte er auf einmal, wie sich das Boot unter ihm vibrierend in Bewegung setzte. Er riss die Augen auf und sah, dass das Boot nun wieder Planken hatte, auch ein Segel, das der Roboter mit geübten Bewegungen hisste. Die Wüste verschwand, und auf einmal schaukelte das Boot auf gewaltigen Wellen. Jack hörte das Rauschen und schmeckte das Salz auf seinen Lippen. Über ihm wölbte sich ein klarer, wolkenloser Nachthimmel. Das silberne Licht des Mondes wurde vom Wasser reflektiert. Land war weit und breit nicht zu sehen.

»Was ist das dort vorne?«, rief Jack, dem mehrere größere Umrisse aufgefallen waren, die vor ihnen aus dem Wasser ragten.

»Das sind Wale«, erklärte der Roboter. »Sie schlafen und träumen. Wir müssen aufpassen, dass wir sie nicht anrempeln.«

»Wale träumen?«

»Oh, ja. Sie träumen von dem, was war und was sein wird, und noch von einigen anderen Dingen, die wir nicht verstehen. Sie erschaffen neue Welten.« Die Reise, die über Worte hinausgeht.

Jack sah am Himmel Vögel, die keine Vögel waren, sondern fliegende Rochen. »Sollten die nicht im Wasser sein?«, fragte Jack den Roboter. Worauf der Roboter schnell eine Antwort parat hatte. »Hier nicht.«

Für einen kurzen Augenblick genoss Jack den entgegenkommenden Wind, und das Licht färbte sich plötzlich rot und hüpfte aufgeregt auf und ab. Jack betrachtete es und fragte sich, was das zu bedeuten hatte.

Auf einmal begann das Meer direkt vor ihnen zu brodeln und zu schäumen. Jack beugte sich über die Reling und sah einen gewaltigen Schatten aus der Tiefe aufsteigen. Das Boot wurde in die Höhe gehoben, Wasser strömte über die Reling.

»Was ist das?«, schrie Jack, von Panik gepackt.

Plötzlich sah er direkt vor sich zwei riesige Augen, die ihn fixierten.

»Wer wagt es, meine Ruhe zu stören«, tönte der gewaltige Tintenfisch. Allein sein Kopf hatte die Größe eines mehrstöckigen Hauses.

»Er ist der Hüter der ersten Schwelle«, sagte der Roboter. »Er entscheidet, ob du weitergehen darfst, Einlass findest in die Unterwelt, dorthin, wo der Teufel mit seinen Dämonen lauert.«

Jack holte tief Luft. »Ich bin Jack Dreams«, sagte er. Diesmal fühlte es sich etwas weniger fremd an, diesen Namen auszusprechen.

Der Krake streckte seine Arme aus und umschlang das Boot. Jack fürchtete, er könnte es zerquetschen, doch das geschah nicht.

»Dein Herz schlägt, doch es verletzt niemanden«, sagte der Krake. »In ihm brennt das Licht der Liebe. Es wird dir den Weg leuchten an einem Ort, an dem jede Tür, jede Abzweigung dich direkt in dein Verderben führen kann. Bist du dazu bereit, Jack?

Bist du bereit, dem zu begegnen, wovor die Menschheit seit Anbeginn der Zeit flieht? Was sie scheut und fürchtet, mehr als Tod, Krankheit oder Gewalt? Nichts ist dort, wie es scheint, und ohne Licht im Herzen geht man verloren.«

Jack straffte sich. Er dachte an Koma, an die unerträgliche Vorstellung, dass sie jetzt, in diesem Moment, Qualen erleiden musste. »Lass mich durch«, verlangte er.

Gischt schäumte auf, als der Krake untertauchte. Das Boot wurde herumgewirbelt, und Jack bemerkte, während er auf seine Schuhe blickte, dass es voll Wasser lief.

»Wir sinken«, schrie er. Der Roboter sah ihn nur an. Er machte keine Anstalten, sich zu bewegen.

»Warum hilfst du mir nicht? Wir müssen das Wasser herausschöpfen«, rief Jack. Mit bloßen Händen versuchte er, die einströmenden Fluten zu bekämpfen. Er war so damit beschäftigt, dass er die Treppe erst bemerkte, als das Boot gegen sie stieß. Er hielt inne und hob den Kopf. Die Treppe führte auf geschwungenen Stufen einen schroffen Felsen hinauf, der in ein eigentümlich rötliches Licht getaucht war.

»Wir sind da«, sagte der Roboter, bevor er mit dem Boot versank. Jack schaffte es gerade noch, sich auf den Treppenabsatz zu retten.

Er schaute sich um und stellte mit Enttäuschung fest, dass das Licht verschwunden war. Jack legte eine Hand auf seine Brust, in der er sein Herz schlagen hörte, und dachte an die Worte des Kraken. Tränen schossen aus seinen Augen, denn das Licht hatte ihn verlassen. »Mama, lass mich bitte nicht allein«, flehte er voller Trauer aus einer Intuition heraus. Ob es seine Aufgabe erfüllt hatte, indem es ihn hierher, zu Koma und ihrem Märchenschloss, gebracht hatte?

Nach einer Weile bemerkte er das große Schloss hinter sich und war erstaunt, wie wunderschön und beeindruckend es war. Dann machte er sich an den Aufstieg. Stufe um Stufe erklomm er den Felsen, bis er vor dem Eingang einer gewaltigen Höhle stand. Fackeln im Inneren warfen zuckende Schatten an die felsigen Wände. Als Jack sich anschickte, die Höhle zu betreten, musste er sich seinen Weg durch mehrere riesige Spinnennetze kämpfen. Sein Herz pochte. An den Seiten standen schlafende Skulpturen aus weißem Marmor. Alle seine Sinne meldeten ihm, dass er sich in großer Gefahr befand, obwohl er diese noch nicht sehen konnte. Der steinerne Gang führte zu einer modernen weißen Tür. Sie wirkte steril und merkwürdig deplatziert an diesem Ort. Nach einem kurzen Zögern betätigte Jack den Schalter neben der Tür, und sie öffnete sich lautlos.

Dahinter befand sich ein heller, fast weißer Raum, in dessen Mitte ein riesiges Bett mit einem Baldachin stand. Auf diesem Bett saß, weinend, Prinzessin Koma.

V
Prinzessin Koma

Wie gebannt stand er da und betrachtete die Prinzessin. Sie wischte sich mit dem Handrücken über die Wangen und begann auf einmal zu singen, erst ganz leise, dann immer lauter. Hell und klar stiegen die Töne empor, woben einen zarten Teppich aus Klängen. Ihre Stimme verband sich mit Jacks Herzschlag, bildete eine einzigartige, wechselvolle Melodie in perfekter Harmonie. Er hatte das Gefühl, jede seiner Nervenzellen begänne zu vibrieren und ein helles, strahlendes Licht erfülle sein Innerstes. Ihr Gesang war voller Sehnsucht, süßem Schmerz und tiefer Trauer. Auch wenn er die Worte nicht verstand, so begriff er doch mit einem Teil seiner Seele jedes Detail, das in Komas Lied verborgen war.

»Nie zuvor dachte ich, dass ich in der Lage sei, so etwas zu empfinden«, flüsterte er und spürte, wie eine einzelne Träne über seine Wange floss.

Er musste sich bewegt haben, denn plötzlich hob Koma den Blick und sah ihn direkt an. Ihr Gesang erstarb, und sie fragte: »Wer bist du?«

Jack räusperte sich, unfähig, seine Gefühle unter Kontrolle zu bringen.

»Bist du Jack? Jack?«, rief Koma mit wachsender Aufregung und sprang auf. »Du bist wirklich gekommen! Endlich bist du da! Ich warte schon so lange!«

Sie sprang auf und lief ihm entgegen, ihr Rocksaum wehte raschelnd um ihre nackten Füße. Im nächsten Moment war sie bei ihm und fiel ihm um den Hals. Jack fühlte ihre weiche Haut, ihren anschmiegsamen Körper, und er roch ihren wundervollen Duft. Er war wie gelähmt, so sehr überwältigte ihn ihre plötzliche Nähe.

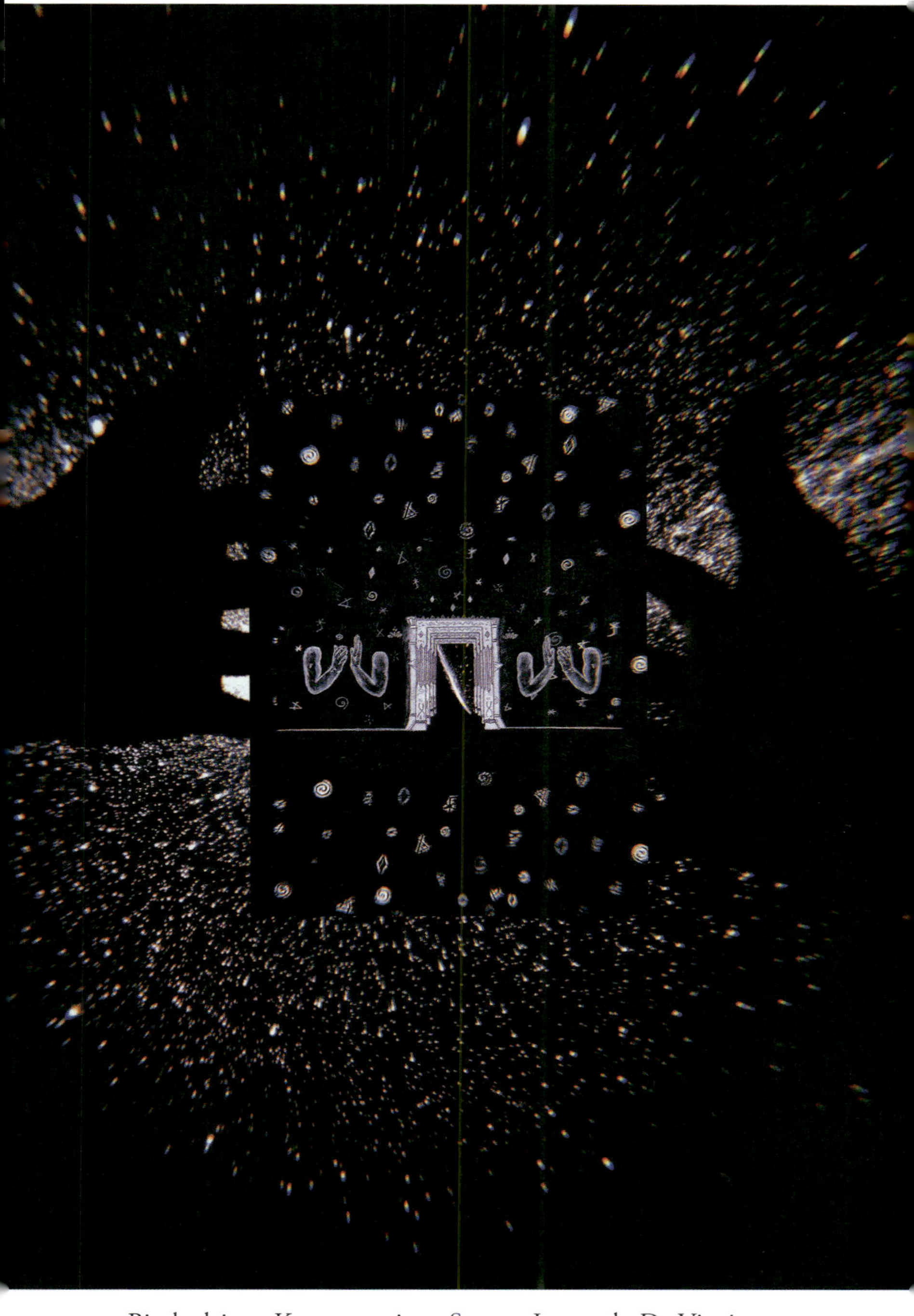

Binde deinen Karren an einen Stern. - Leonardo Da Vinci

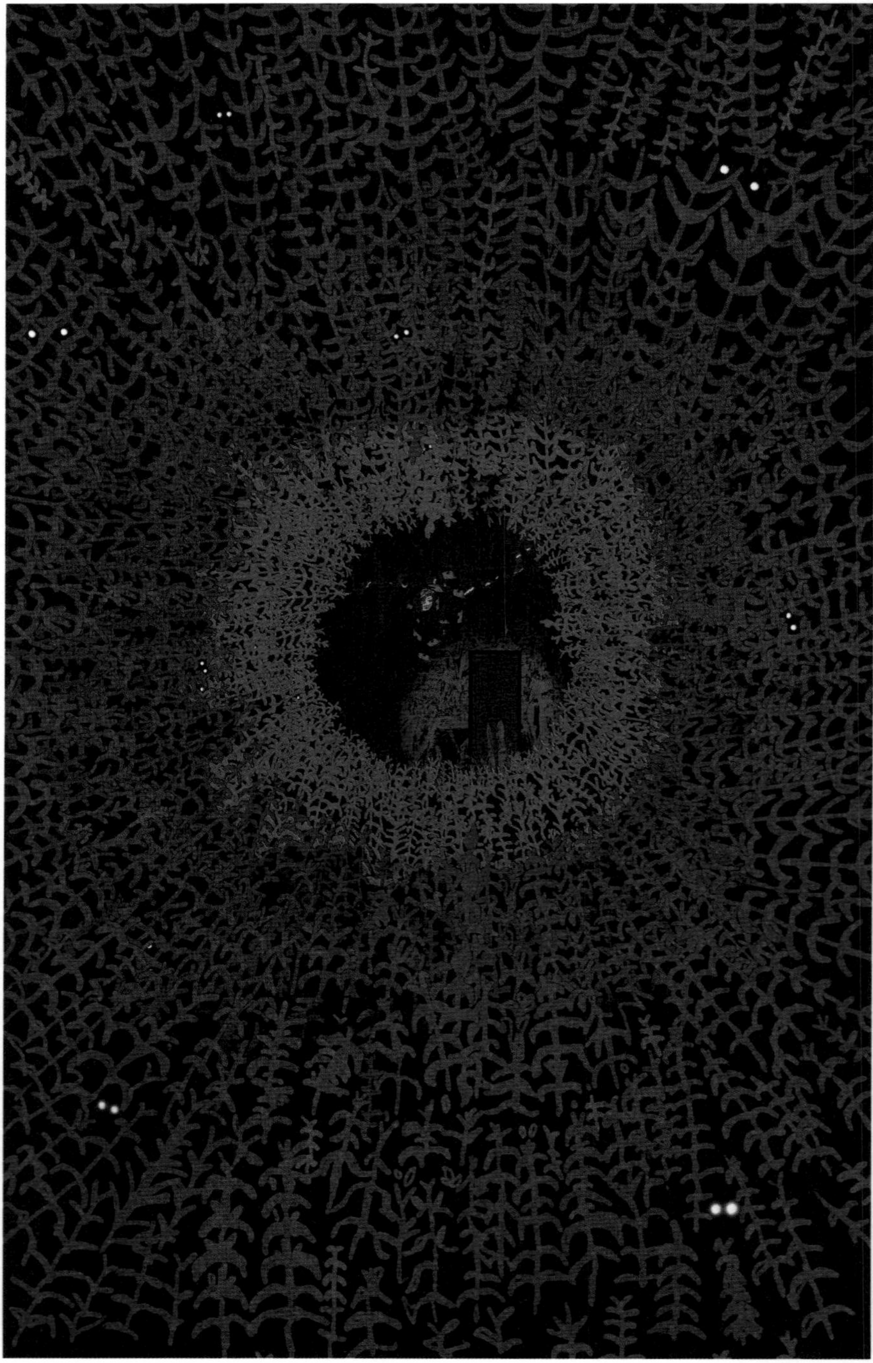

Verlorene Koma in Maislabyrinth

Die anderen tragen Masken, ich trage einen Helm. - Hype

Wer unsere Träume stiehlt, gibt uns den Tod. - Konfuzius

Die Geburt eines Kindes

Jacks ungeplante Reise oder Die Suche nach Wärme

Der Traum vom Fallen ist einer der häufigsten
aller Albträume und erzählt uns von Angst.

Einsamkeit ist die Schule der Weisheit. - Deutsches Sprichwort

Alle Märchen sind nur Träume von jener heimatlichen
Welt, die überall und nirgends ist - Novalis

Was guckst Du?

Das Leben ist die Liebe Und des Lebens Leben Geist - Goethe

Trennung ist vernichtender als Tod. - Peter E. Schumacher

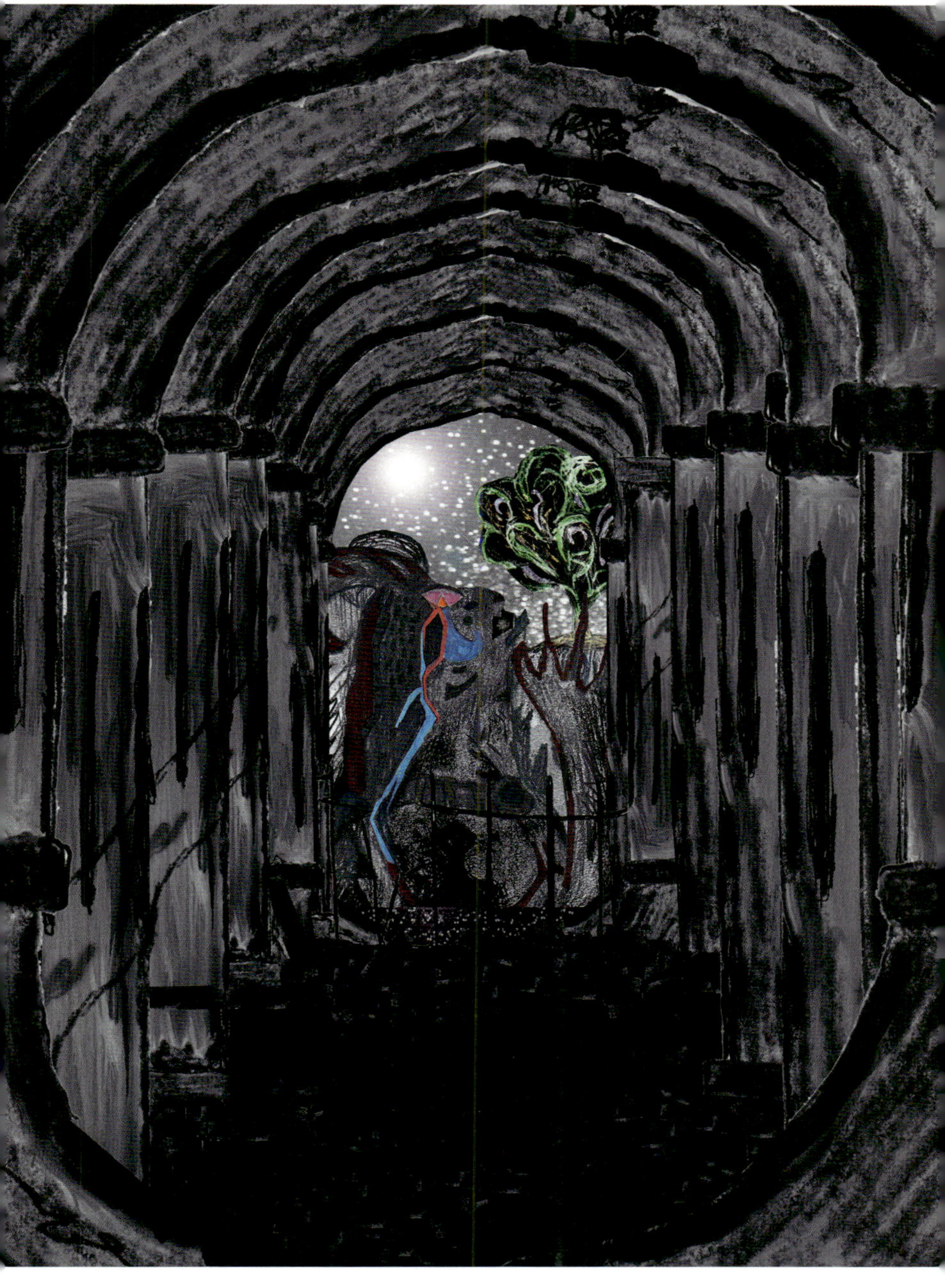

Nach einem bösen Traum sieht man, welchen Stoff zu einer Hölle ein bloßes Gehirn in sich aufbewahrt. - Jean Paul

Wirklich reich ist der, der mehr Träume in seiner Seele hat,
als die Wirklichkeit zerstören kann. - Hans Kruppa

Dieses Foto aus 2020 lässt Träume fliegen.

Wenn nur jemand wissen könnte, wer oder was dieser Hype ist …

»Koma, ich habe überall nach dir gesucht. Endlich habe ich dich gefunden!«, flüsterte er in ihre Haare. Sie löste sich von ihm und nahm sein Gesicht in ihre Hände.

»Du hast keine Ahnung, wie lange ich schon auf dich warte, wie sehr ich jede wache Sekunde damit verbracht habe, mich nach dir zu sehnen, hier an diesem schrecklichen Ort voller Einsamkeit und Finsternis.«

Verwirrt betrachtete Jack sie, erkundete jede Einzelheit ihres Gesichts: die hohen Wangenknochen, die fein geschwungenen Brauen, das hinreißende Rosa und die kleinen Grübchen, die muschelfarbenen Lippen und ihre Haut, die sich anfühlte wie weicher, köstlicher Pfirsich.

»Du bist so wunderschön«, stieß er hervor. »Ich habe das Gefühl, dich schon sehr lange zu kennen, dennoch weiß ich, dass wir uns gerade zum ersten Mal begegnen. Wie ist das möglich?«

Koma löste ihre Hände von ihm und sah sich um. »Warum verschwindet das alles nicht? Wieso sind wir immer noch hier?«

»Wovon sprichst du?«

»Der Traum, er sollte aufhören, wenn du mich findest. Zumindest habe ich das immer gedacht. Aber jetzt bist du hier, und nichts verändert sich.«

Sie rang die Hände nach oben und rief: »Nein! Nein! Nein! Ich verstehe das nicht, ich verstehe es einfach nicht! Was hat das zu bedeuten? Was soll denn noch geschehen?«

Jack löste sich aus seiner Erstarrung und ging auf sie zu.

»Koma«, flüsterte er und zog sie an sich. »Alles ist gut, jetzt, wo wir zusammen sind«, versuchte er, sie zu beruhigen, doch Koma war zu aufgebracht.

»Wie bist du hierhergekommen? Wir müssen fliehen, schnell!«

»Ein Boot hat mich hierher gebracht, aber es ist gesunken. Ich fürchte, wir werden uns einen anderen Weg suchen müssen«, sagte Jack und schaute sich um; langsam spürte er das Gefühl tiefer Machtlosigkeit in sich aufsteigen. Er hatte Angst, etwas Falsches zu tun und das Mädchen seiner Träume zu verlieren.

Tränen schimmerten in Komas Augenwinkeln.

»Ich habe immer gehofft, wenn du kommst, dann bringst du

mich endlich nach Hause«, wisperte sie, während die erste Träne über ihre Wange lief.

Hilflos sah Jack sie an. Die aufkeimende Gewissheit, dass er sie enttäuschen würde, rumorte in ihm. »Ich weiß nicht mal, wo das ist, zu Hause«, flüsterte er und berührte sie an der Schulter.

»Wer hat dir gesagt, dass ich kommen würde? Woher weißt du das alles?«

»Der Mann mit dem Helm, Hype, er hat es mir gesagt«, entgegnete sie Jack.

»Ach, der. Ich habe ihn auch gesehen. Helfen konnte er mir auch nicht weiter.«

Koma ging zu dem Bett und ließ sich darauf sinken. Kurz darauf setzte sich Jack neben sie. Eine Weile saßen sie einfach da und schwiegen, jeder in seinen düsteren Gedanken gefangen.

»Ich habe alles vergessen«, sagte Jack schließlich. »Ich weiß weder, wer ich bin, noch woher ich komme. Was ist das für ein seltsamer Ort? Immer wenn ich einschlafe, wache ich woanders auf, ich jage hinter etwas her, von dem ich nicht einmal weiß, was es ist. Ich dachte, du seist es, doch jetzt bin ich bei dir und weiß trotzdem nicht mehr.«

Mutlos ließ er seine Schultern nach vorne sacken.

»Ich weiß, dass ich ein Leben vor diesem hatte, dass das hier nicht der Anfang ist, doch das ist alles weg, wie ausradiert. Geht es dir auch so?«

Koma nickte unter Tränen. »Es sind nur Schemen und Schatten, an die ich mich erinnere, Leerstellen, wo einst Bilder, Menschen und Erinnerungen waren. Es fühlt sich schrecklich an. Als hätte man mir ein Körperteil abgetrennt.«

Jack sah sie an, ließ seine Augen über ihre Züge wandern, die er jetzt schon liebte, als hätte er ein ganzes Leben mit ihr verbracht, und auf einmal fühlte er alles gleichzeitig: Freude, Glück, Leid und Verzweiflung. Überwältigt von diesem Sturm der Gefühle wandte er sich ab, damit sie nicht sehen konnte, was in ihm vorging.

»Bist du schon immer hier? Ich meine, ist das alles, woran du dich erinnerst?«, fragte er Koma. Zögernd griff er nach ihrer Hand und hielt sie fest.

»Ja, ich wache immer wieder hier auf und bin ganz allein.«

Jack hob den Blick. »Hat sich hier etwas verändert oder werde ich nur langsam paranoid?«, dachte er, ohne weiter darauf einzugehen. Erst jetzt wurde er sich der Umgebung, in der sie sich befanden, wirklich gewahr. Der Raum war groß, mit hohen Wänden und Fenstern, hinter denen ein blauer Himmel zu sehen war. Von irgendwoher drang Meeresrauschen, so als befände sich das Zimmer an einer Küste. Schwere Vorhänge hingen an den Fenstern. Komas Bett stand in der Mitte; es war kunstvoll geschnitzt und mit Intarsien versehen. An den Wänden hingen aufwendig geknüpfte Wandteppiche, die mittelalterliche Jagdszenen zeigten. Auf einer Kommode stand ein Spiegel, davor lagen eine Bürste, einige Dosen mit Creme und anderen Kosmetika. An der Wand gegenüber stand ein wuchtiger Schrank aus dunklem Holz, aus dessen unterer Schublade einige Seidenbänder hervorlugten.

»Das sieht aus wie das Schlafzimmer einer Prinzessin«, scherzte Jack, während er behutsam Komas Hand streichelte. Ein Lächeln huschte über ihr verweintes Gesicht.

»Ja, das ist es. Ich habe das ganze Schloss für mich allein. Nie bekomme ich jemanden zu sehen, doch ich finde Essen, neue Kleider und alles, was ich brauche. Mache ich Unordnung, ist am nächsten Tag alles wieder an seinem Platz.«

Jack runzelte die Stirn.

»Klingt irgendwie schräg. Ich meine, eigentlich wie im Paradies, aber das bedeutet auch, dass du keine Spuren hinterlässt, nichts verändern kannst …« Er sprach den Satz nicht zu Ende.

Komas Blick suchte seinen. »… dass ich machtlos bin, das meinst du doch«, sagte sie und brach wieder in leises Schluchzen aus. Ihre zarten Schultern bebten. Der Impuls, sie in die Arme zu schließen, wurde für Jack übermächtig, doch er wagte es nicht, aus Angst, sie zu erschrecken.

»Magst du mir dein Schloss zeigen, Prinzessin Koma?«, fragte er stattdessen. Sie sah ihn an, und so etwas wie Hoffnung flackerte in ihren Augen auf.

»Ja, komm, ich zeige dir alles. Es ist wunderschön.«

Sie stand auf und nahm in an der Hand. Die Flügeltür ihres

Schlafzimmers öffnete sich in einen langen Gang mit hohen Fenstern und dicken Teppichen, die jedes Geräusch verschluckten. Staunend blickte Jack sich um. Alles hier sah aus wie die Kulisse eines Märchenfilms, einschließlich Koma mit ihren langen goldblonden Locken, die ihr über die bloßen Schultern fielen. Ihr elegantes hellblaues Kleid raschelte bei jedem Schritt, dabei bewegte sie sich so leichtfüßig, als würde sie tanzen. Er konnte seine Augen nicht von ihr abwenden. Wie hypnotisiert starrte er sie an, während sie vor ihm her durch den Gang lief.

»Wenn ich bisher noch Zweifel hatte, dann weiß ich jetzt, dass das ein Traum sein muss«, flüsterte er zu sich selbst. Ein lautes Piepen erklang hinter ihm, und er entdeckte den Roboter, der ihm zuwinkte. Jack griff in seine Hosentasche und suchte nach dem Licht, dann erinnerte er sich, dass es ja weg ist.

Langsam folgte er Koma, sie hielt noch immer seine Hand. Am Ende des Gangs erreichten sie eine palastartige Halle, in der eine gewundene Treppe nach unten und in weitere Stockwerke führte. Das Schloss musste riesig sein. Alles war aus Marmor und mit Gold verziert.

Koma führte ihn durch das Treppenhaus in einen weiteren Gang auf dem gleichen Stockwerk. Hier waren die Fenster noch größer und gaben den Blick auf eine atemberaubende Naturkulisse frei. Das Schloss war auf einen Felsen erbaut, der zum Meer hin steil abfiel. Tief unten tosten die Wellen. Weit und breit war kein anderes Gebäude zu sehen.

»Du bist hier wirklich ganz allein. Eine Gefangene in einem Schloss«, sagte er. Koma lächelte traurig, dann öffnete sie eine hohe Flügeltür, die auf einen weitläufigen Balkon führte; er war direkt über dem Felsen errichtet worden, sodass man unmittelbar über dem Wasser zu schweben schien.

Das Tosen der Wellen war so laut, dass es alle anderen Geräusche übertönte. Plötzlich brach die Sonne zwischen den Wolken hervor und tauchte die Landschaft in ein gleißend helles goldenes Licht. Jack schloss die Augen und spürte die Wärme der Sonnenstrahlen auf seinem Gesicht wie eine Pflanze, die zu lange im Schatten gestanden hatte.

Nach einer Weile blinzelte er und blickte zu Koma, die neben ihm stand und ebenfalls die Augen geschlossen hatte, während sie noch immer seine Hand hielt, als fürchtete sie, er könnte sich in Luft auflösen, wenn sie ihn losließ.

»Ich habe noch nie etwas Schöneres gesehen«, sagte Jack bei ihrem Anblick. Die Sonne tauchte ihr Antlitz in feines Gold, ihr Haar schimmerte, als hätte Helios persönlich es gesponnen, und ihre Lippen öffneten sich verheißungsvoll.

Jack fühlte sich wie berauscht, während ihn romantische Gedankenüberwältigten: »Ihre Augen funkeln wie Sterne, wenn sie mich ansieht. Atemberaubend! Es grenzt an Magie. Ihre Lippen so zart wie weiße Wolken und ihr Lächeln wie ein Happy End. Ich will nie wieder einschlafen, nie wieder woanders sein. Sie ist mein schönster Traum. Nur mit ihr will ich gemeinsam einsam sein. Mein Herz glüht vor Glück, da wären selbst die Götter neidisch. Absolut alles an ihr ist perfekt, selbst ihr Geruch wirkt auf mich betäubend. Ich merke an meinem Verhalten, wie aufgeregt ich doch bin.«

Sie schien zu spüren, dass er sie ansah, denn auch sie öffnete die Augen wieder. Sie fasste seine Hand fester, und jede ihrer Berührungen war wie ein Stromschlag aus Zärtlichkeit und Verlangen. Der Wind brauste um sie herum, spielte mit Komas Haaren und zerrte an ihren Kleidern, so als wollte er teilhaben an ihrem vorsichtigen Spiel der gegenseitigen Erkundung. Erneut schloss er die Augen, damit sie nicht sah, was in ihm vorging. Pures Glück durchströmte seinen Körper, floss durch seine Adern und erfüllte jede seiner Zellen mit Licht und Wärme. Er schluckte, denn sein Hals war plötzlich trocken.

»Es ist schade«, sagte Koma, und er öffnete seine Augen wieder. »Ich würde so gerne alles von dir wissen, doch da wir uns an nichts erinnern, können wir uns auch nichts erzählen.« Tränen hingen wie Perlen in ihren dichten schwarzen Wimpern, und am liebsten hätte Jack jede einzelne von ihnen weggeküsst.

»In der Tat ein Desaster«, sagte Jack und versuchte sich an einem schiefen Lächeln, das Koma erwiderte.

»Ein Desaster«, wiederholte sie – und auf einmal lachten sie beide, so laut und so hell, dass es das Tosen der Wellen übertönte. Jack spürte, wie sich etwas in seiner Tasche bewegte, und als er diesmal hineingriff, fühlte er das kleine Licht. Er holte es hervor und zeigte die leuchtende blaue Kugel voller Freude Koma. »Du bist wieder hier!«, schrie Jack voller Erleichterung. Tanzend erhob es sich in die Luft und flatterte um sie herum.

»Was ist das?«, fragte Koma fasziniert.

»Ich nenne es Mama«, sagte Jack.

»Das ist deine Mama?«, fragte Koma irritiert.

»Nein, ich nenne es nur so«, korrigierte Jack sie.

»Es ist wunderschön«, sagte Koma, die dem Tanz des Lichtes folgte. Ein Piepsen war zu hören, als der Roboter auf den Balkon rollte. In einer Geste rührender Hilflosigkeit streckte er seine Hände nach Koma aus und flehte: »Mich auch gern haben!«

Koma ließ Jacks Hand los, ergriff die Hände des kleinen Kerls, und in einem Tanz zu lautloser Musik drehten sie sich auf dem Balkon im Takt der Wellen. Komas Lachen wurde immer ausgelassener, und ein sanftes Rosa trat auf ihre Wangen. Der Anblick ergriff Jack, und erneut musste er sich abwenden, damit sie nicht sah, was in ihm vorging. Er wünschte sich, es gäbe Worte, Bilder, Erinnerungen, die er mit ihr teilen konnte, doch da war nichts, nur Schatten im Nebel. Absolutes Glück und tiefste Verzweiflung lagen in diesem Moment so dicht beieinander, dass Jack das Gefühl hatte, innerlich von ihnen zerrissen zu werden.

Als die Dämmerung hereinbrach, gingen sie wieder nach drinnen. Koma führte ihn in die Bibliothek des Hauses, wo auf wundersame Weise Öllampen brannten und eine Kanne mit heißem Tee auf sie wartete. Erst jetzt fiel Jack auf, dass er in dieser neuen Welt noch nichts gegessen oder getrunken hatte.

Der Tee schmeckte bitter und würzig. Jack setzte sich in einen der Ohrensessel mit einer hohen Lehne und ließ seinen Blick die Regalreihen entlangwandern. Große ledergebundene Wälzer standen neben kleineren Büchern.

»Ich habe viel Zeit in Bibliotheken verbracht«, sagte Jack zu Koma, die ihm gegenüber saß, die Teetasse stilvollendet in ihren zierlichen Händen.

»Dort habe ich alles gelernt, was ich weiß.«

Koma nickte. »Ich verbringe viel Zeit hier. Wenn ich ein Buch finde, das mir gefällt, lese ich es. Manchmal habe ich mir schon vorgenommen, es zu einem anderen Zeitpunkt zu lesen, doch die Bücher verschwinden und andere tauchen auf. Es ist, als könnte diese Bibliothek meine Gedanken lesen, so wie der Rest des Hauses. Wenn ich mir morgens wünsche, dass es heute Kuchen gibt, dann finde ich im Teesalon Kuchen. So ist es auch mit den Büchern. Lange Zeit habe ich nur Liebesgeschichten gelesen, von Prinzen und Prinzessinnen, von starken Helden und ewiger Liebe. Erst hat das meine Einsamkeit gelindert, doch irgendwann bewirkte es das Gegenteil. Ich verzehrte mich nach meinem Held … nach dir.«

Sie schlug schüchtern die Augen nieder, und das Rosa auf ihren Wangen verfärbte sich in ein tiefes Rot.

Jack fühlte, wie sich sein Herzschlag beschleunigte, und er stellte rasch seine Teetasse ab.

»Zeig mir den Rest des Schlosses«, flehte er mit rauer Stimme. Koma stand auf und ergriff wieder seine Hand. An die Bibliothek grenzte ein Wintergarten an, in dem meterhohe tropische Pflanzen mit ausladenden Blättern und betörend duftenden Blüten bis zur gläsernen Decke wucherten. Die Luft war feucht und klar, und das Summen zahlreicher Insekten war zu hören. Im Zentrum des Wintergartens stand eine große Récamière, auf die Koma zusteuerte und sich setzte. Jack nahm neben ihr Platz. Erneut schwiegen sie eine Weile und ließen den Zauber dieses Ortes auf sich wirken.

Draußen versank die Sonne im Meer und tauchte alles in ein sanftes orangefarbenes Licht.

»Jack?«, fragte Koma. »Darf ich dich etwas fragen?«

»Alles«, sagte er.

»Kann ich dich umarmen? Das wünsche ich mir schon die ganze Zeit.«

Statt einer Antwort streckte Jack seine Arme aus und legte sie um sie, spürte die zarten Rundungen ihrer Hüfte und zog sie an sich. Ihr Geruch hüllte ihn ein. Er spürte den Schmelz ihrer Haut, und für einen Moment war da wieder das Gefühl reinen, unverstellten Glücks, das ihn erschauern ließ. Mit den Fingerkuppen strich er über den Bogen ihres Schlüsselbeins, berührte vorsichtig ihr Gesicht, und der Wunsch, sie zu küssen, wurde übermächtig. Koma zog ihn an sich und ließ sich rücklings auf die Récamière sinken. Jack folgte ihren Bewegungen, sank in ihre Arme und hörte ihren Herzschlag unter seiner Brust. Er wünschte sich, dieser Augenblick würde ewig währen, doch gleichzeitig spürte er, wie seine Müdigkeit wuchs. Rasch richtete er sich auf und gähnte.

»Ich kann nicht für immer wach bleiben, Koma«, sagte er traurig, und sie wich seinem Blick aus.

Ein harter, unerbittlicher Ausdruck trat in ihre Augen. »Das bedeutet, du verschwindest. So funktioniert diese Welt. Wenn du einschläfst, wirst du fort sein. Ich ertrage das nicht ohne dich, Jack, nicht, nachdem ich jetzt weiß, dass es dich gibt. Wie sollen wir uns hier wiederfinden? Wir wissen ja noch nicht einmal, weshalb wir hier sind oder wie das alles funktioniert. Ich bin lieber tot, als das alles noch länger zu ertragen.«

Jedes ihrer Worte war wie ein Stich direkt in sein Herz. Genau in diesem Moment begann es zu regnen. Regentropfen prasselten erst sanft, dann immer stärker und lauter auf das Glasdach über ihnen. Koma zog ihn wieder an sich, schmiegte sich gegen ihn und hielt ihn fest, als könnte sie auf diese Weise verhindern, was ihnen bevorstand.

Jack kämpfte gegen den Schlaf an, wehrte sich tapfer, während er ihre Berührungen genoss, während der Regen ihm ein Schlaflied sang, doch irgendwann war der Sog einfach zu übermächtig. Er schloss die Augen und schlief ein.

* * *

Schon im nächsten Moment riss er sie wieder auf.

»Nein, nein, ich darf nicht einschlafen«, schrie er und sprang auf, doch es war zu spät. Koma, der Wintergarten und das Schloss an den Klippen waren verschwunden. Stattdessen stand er in einem flachen See, der sich bis zum Horizont erstreckte. Ein starker Salzgeruch lag in der Luft, der Himmel war in ein dramatisches Rot getaucht.

»Koma!«, rief Jack verzweifelt den Namen seiner verlorenen Geliebten. »Koma, wo bist du?«

Doch sie antwortete ihm nicht. Seine Stimme verlor sich irgendwo in der Endlosigkeit des Sees. Nur das graue Lichtlein schwebte über ihm und versuchte, ihm ein schwacher Trost zu sein.

Die Verzweiflung schlug über Jack zusammen wie eine dunkle Welle. Er öffnete seinen Mund und schrie, schrie so lange, bis seine Lungen brannten und seine Stimme versagte. Dann ließ er sich auf die Knie fallen. Das Salzwasser war warm wie das Wasser einer Badewanne. Fast fühlte es sich an wie eine menschliche Berührung, tröstend, umfangend, doch er wusste, es war eine Lüge. Er hatte Koma verloren, für immer, und würde sie nie wiederfinden. Er war allein in dieser Welt, die er nicht verstand und in der er herumgewirbelt wurde wie ein Blatt im Wind.

»Es heißt, ich kann alles durch meine Gedanken erschaffen!«, sagte Jack zu sich selbst. »Dann wollen wir es jetzt probieren«, fügte er hinzu. Jack schloss seine Augen und konzentrierte sich auf Koma. Seine Augenglieder zitterten, denn er spürte seine Ungeduld, seine Angst und die Wut auf alles immer deutlicher. Plötzlich platzte ihm der Kragen, und er brüllte in die Ferne.

»Von wegen Gott! Ihr scheiß Lügner! Ihr verdammten Heuchler! Ihr findet das wohl lustig, was? Ha-Ha! Das ganze Universum ist nichts weiter als ein Blender, wie die Sonne, dieser scheiß Scheinwerfer. Scheiß auf euch, scheiß auf Menschen auf Tiere, auf die Liebe, einfach auf alles! Es geht doch nur hier um Leiden und Schmerz. Nichts weiter! Ich hasse euch! Ich hasse! Ich hasse! Ich hasse!«, wiederholte Jack, bis er keine Luft mehr bekam.

Lange kniete er im weichen Sand, die Knie umspült vom Wasser des riesigen, einsamen Sees. Die Sonne näherte sich dem Horizont und versank in einem atemberaubenden Schauspiel dahinter, doch er konnte sich daran nicht erfreuen. Ohne Koma war alles sinnlos. Erst jetzt bemerkte er, dass er diesen Ort kannte, weil er in einem der Bücher davon gelesen hatte. Er hieß *Salar de Uyuni*, elftausend Quadratkilometer Landschaft aus Salzseen und Marschen.

»Was soll ich mit all der Schönheit, wenn ich sie nicht teilen kann?«, seufzte er. »Was bedeutet das alles, wenn es doch niemanden außer mir gibt, der davon weiß? Ich kann ebenso gut sofort wieder einschlafen und an den nächsten Ort reisen, diese sinnlose Jagd durch die Welt fortsetzen, in der Hoffnung, dass sie mich irgendwann zurück in Komas Arme trägt.«

Er ließ sich in das Wasser sinken, schloss die Augen und wurde von den Wellen sanft in den Schlaf gewiegt.

Im Schloss erwachte Koma, weil die Stelle neben ihr auf einmal kalt und leer war. Verzweifelt fuhr sie hoch.

»Jack? Jack, wo bist du?«, schrie sie und lief suchend auf und ab. Doch Jack war verschwunden, der Schlaf, des Todes kleiner Bruder, hatte ihn ihr geraubt. Ihre Verzweiflung war so groß, dass sie glaubte, ihr Herz müsse zerspringen. Schluchzend warf sie sich auf die Récamière.

»Nein, nein, das darf nicht sein«, klagte sie. »Er ist mein Herz, mein Retter, er darf nicht weg sein. Ich ertrage keinen Tag länger hier drin ohne ihn.«

Koma richtete sich wieder auf, blind vor Tränen. Sie griff nach dem ersten Blumentopf in ihrer Nähe und schleuderte ihn gegen einen anderen. Er zerbrach mit lautem Geschepper, doch sie wusste inzwischen, dass er am nächsten Morgen wieder heil und unversehrt an der alten Stelle stehen würde.

»Ich ertrage das hier nicht mehr!«, schrie sie, raffte ihre Röcke und sprang hoch. Auf bloßen Füßen rannte sie durch die Bibliothek, durch die Flure des Schlosses zurück zum Balkon, über dem die Sterne prangten. Einer funkelte heller und schöner als der andere, doch für Koma war das nur Hohn ob ihrer Situation.

»Ihr Sterne, wollt ihr mich verspotten? Mein Liebster war hier, doch uns blieben nur wenige kostbare Stunden, dann wurde er mir wieder entrissen, von einer grausamen Macht. Sagt mir, was ist das für ein Schicksal? Wie soll ich leben, jetzt, da ich weiß, wie seine Haut riecht und wie er sich anfühlt? Er hat mein Herz berührt, die Ketten meiner Einsamkeit gesprengt, doch jetzt ist es mir, als seien sie enger als zuvor. Ein Vogel, der nie geflogen ist, vermisst die Freiheit nicht; ein wilder Vogel wird sich immer nach ihr sehnen, ganz gleich, wie groß sein Käfig ist. Jack ist alles, was ich will. Er ist mein Schicksal, meine Hoffnung, meine Freiheit. Ohne ihn will ich nicht leben, ohne ihn *kann* ich nicht leben.«

Sie klagte ihr Leid den Sternen, dann dem Mond, der langsam als silberne Sichel über den Nachthimmel schwebte.

»Mond, so oft habe ich dich angesehen und Trost bei dir gefunden. Siehst du zu Vollmond nicht aus wie ein freundlich lächelndes Gesicht? Doch jetzt bist du kalt, schrecklich, ein Messer, das mir mitten in mein Herz schneidet. Es ist unerträglich, sich nach etwas zu sehnen, von dem man nicht weiß, was es ist. Doch schlimmer ist es, das gefühlt zu haben, wonach das Herz sich verzehrt, und es dann zu verlieren, nach nur einem Tag. Wer ist so grausam, solch ein Spiel mit Liebenden zu treiben? Sag es mir, Mond, denn du weißt alles, auch das, was verborgen bleiben soll!«

Doch der Mond blieb stumm, als hörte er sie nicht, und Koma brach schluchzend zusammen, weinte, bis sie keine Tränen mehr hatte und sich ihr Inneres wund und leer anfühlte, so als hätte jemand ein Stück von ihr herausgerissen.

Die Tränen linderten ihren Schmerz nicht, sondern er wuchs mit jeder Sekunde, die Jack nicht bei ihr war.

»Ich will nicht mehr leben ohne ihn«, flüsterte Koma, wischte sich die Tränen ab und ging zur Brüstung. Sie raffte ihre Röcke und kletterte darüber. Auf dem schmalen Absatz vor dem Geländer fanden ihre zierlichen Füße kaum Halt. Unter ihr tobten die Wellen, warfen sich mit brachialer Gewalt gegen den Felsen. Koma schloss die Augen, während sie sich an der Brüstung festklammerte.

Dann ließ sie los und stürzte in freiem Fall dem Wasser entgegen. Ihr blaues Kleid bauschte sich um ihren schmalen Körper und tanzte im Wind, während sie auf die Wasseroberfläche zuraste. Sie wappnete sich für den Aufprall. Hart schlug sie auf den Wellen auf und verlor das Bewusstsein. Die Fluten rissen sie mit sich in die Tiefe und drohten schon, sie wieder emporzuschleudern, gegen die Felsen, an denen ihr Körper zerschmettert wäre, wenn nicht in diesem Augenblick aus den finsteren Tiefen des Meeres ein riesiges, klauenbewährtes Wesen aufgetaucht wäre.

Die Kreatur packte Koma und schwang sich mit ihr in die Luft. Sie breitete lederne Schwingen aus, die mit lautem Rauschen die bewusstlose Prinzessin immer höher und höher trugen, bis sie mit der Wolkendecke verschmolzen, die sich urplötzlich vor den Sternenhimmel geschoben hatte, als wollte der Himmel seine Augen vor dem verbergen, was dort unten geschah.

Alles Licht war aus der Welt verschwunden, alles Glück und alle Hoffnung. Sie war ein kalter, leerer Ort der verlorenen Träume.

»Wo bin ich?« Benommen kämpfte sich Koma in die Höhe, wurde jedoch sofort wieder zurückgerissen. Sie tastete an ihren Hals und fühlte rostiges Eisen, das mit einer Kette verbunden war. Diese wiederum war an einer Zypresse befestigt. Die fast kahlen Äste des Baumes ragten wie knochige Finger in einen von Finsternis erfüllten Himmel. Sterne und Mond waren verschwunden, alles war in einen unheimlichen feuchten Nebel gehüllt, der jedes Geräusch verschluckte und die Sinne verwirrte.

Koma keuchte und zerrte an der Kette, versuchte verzweifelt, den Ring um ihren Hals zu lösen, doch es gelang ihr nicht. Ihr ausladendes blaues Kleid war bis zur Hüfte mit Schlamm vollgesogen. Vor ihr erstreckte sich ein übel riechender Sumpf, aus dem manchmal Blasen aufstiegen, die beim Platzen einen ekelerregenden Fäulnisgestank abgaben. Baumreste trieben wie Geisterschiffe auf der Oberfläche. Koma hatte das Gefühl, aus dem Dickicht rund um den Sumpf von Hunderten von toten, leeren Augen beobachtet zu werden.

»Hallo?«, rief sie. »Ist hier jemand? Jack? Wo bin ich hier?«

Sie versuchte erneut aufzustehen, doch die Kette, die um ihren Hals lag, war so kurz, dass sie nur eine hockende oder sitzende Position einnehmen konnte. Der Eisenring zog sich eng um ihren Hals, und sie hatte Schwierigkeiten, genug Luft zu bekommen. Sie schloss die Augen und kämpfte gegen ihre wachsende Panik an, während sie versuchte, ihre Gedanken zu ordnen.

Langsam kehrten ihre Erinnerungen zurück. Jacks Gesicht trat ihr vor Augen, müde und erschöpft, wie der Schlaf ihn übermannte und ihn ihr raubte, dann ihr verzweifelter Sprung vom

Balkon des Schlosses, der schmerzhafte Aufprall auf dem Wasser und schließlich …

Koma zuckte zusammen, als sie sich an das furchterregende Wesen erinnerte, das aus der Tiefe des Meeres aufgestiegen war, sie gepackt und sich mit ihr in die Lüfte geschwungen hatte, während sie zwischen Bewusstlosigkeit und Wachsein hin- und herpendelte. Ein widerlicher Aasgeruch hatte die Kreatur umgeben, ein Odem des Todes und des absolut Bösen. Eine nie gekannte Angst ergriff sie und lähmte sie für einige Sekunden.

»Oh, mein Herz, wo bin ich hier? Was ist das für ein schrecklicher Ort?«

Plötzlich begann die Erde unter ihren Füßen zu beben, so als näherte sich etwas Großes. Ein lautes Krachen und Bersten war zu hören, dann machte Koma in den Bäumen vor sich die Silhouette eines missgestalteten Riesen aus. Angsterfüllt wich sie zurück, als sie das Geschöpf erkannte, das sie entführt hatte. Es war groß, fast so hoch wie drei Männer, mit einer entsetzlichen Fratze, in der rote Augen glühten. Spitze Ohren ragten aus den Zotteln auf seinem Kopf, dahinter zeigten sich große, geschwungene Hörner, die bedrohlich nach vorne gerichtet waren.

Statt Zähnen hatte das Wesen Hauer wie ein Eber. Seine Hände waren Klauen mit langen Krallen, und Koma erschauerte bei dem Gedanken, dass es sie damit berührt hatte. Sein ganzer Körper war mit Fell bedeckt, sogar die unförmigen Gliedmaßen, und auf seinem Rücken befanden sich gewaltige lederne Schwingen. Das Schlimmste aber war sein Gestank nach Aas und Tod.

»Koma«, donnerte die Stimme des Giganten, während er sich zwischen den Bäumen hervorschob. Seine Bewegungen wirkten seltsam abgehackt, so als sei etwas an ihm noch nicht ganz fertig.

Als Koma seine Stimme hörte, zuckte sie erneut zusammen. Nie zuvor hatte sie einen Laut vernommen, der so abstoßend war und ihre Ohren so quälte.

»Wer bist du?«, schrie sie der Kreatur entgegen. In diesem Moment erhob sich hinter ihm ein riesiger Schwarm aus vielen Hunderten, wenn nicht Tausenden von Krähen, die sich krächzend und unter wildem Flügelschlagen hinter dem Monster in die

Höhe schwangen. So laut war das Rascheln ihrer Flügel, dass es in Komas Ohren dröhnte. Schützend barg sie ihr Gesicht in den Händen, aus Angst, von den Krallen der Vögel verletzt zu werden. Als sie ihre Hände wieder sinken ließ, war die Kreatur verschwunden, doch noch immer hing der strenge Verwesungsgeruch in der Luft.

Panisch griff Koma nach dem erstbesten Stein und schlug damit auf die Glieder ihrer Kette ein. Der raue Stein verletzte ihre zarte Haut, und schon nach kurzer Zeit schmerzten ihre Hände und brannten ihre Muskeln, doch sie gab nicht auf. Sie musste diese Kette zerstören und sich befreien, bevor das Wesen zurückkehrte.

Wie aus dem Nichts erklang wieder das schreckliche Lachen, das Koma das Blut in den Adern gefrieren ließ. Für einige Sekunden fiel sie in eine Schockstarre, bevor sie mit neuer Entschlossenheit auf die Kette einschlug, bis sie ermattet den Stein sinken ließ.

»Es ist vergeblich, Koma. Dies hier ist der Ort der vergeblichen Mühen. Alles, was euch Menschen am Leben erhält – Licht, Liebe und Hoffnung – existiert hier nicht. Hier gibt es nur den Tod, und zwar in jeder seiner Erscheinungsformen«, dröhnte die Stimme. Koma riss die Hände nach oben und presste sie auf ihre Ohren, so unangenehm war der Ton, als würde Metall auf Schieferplatten kratzen.

»Du kannst mich hier nicht festhalten«, schleuderte sie ihm todesmutig entgegen. »Lass mich sofort frei, du Monster!«

Die Gestalt zeigte sich ihr nicht, dafür schien ihre Stimme immer wieder aus einer anderen Richtung zu kommen.

»Du solltest diesen Ort lieber nicht gering schätzen, liebste Koma«, krächzte das Wesen. »Nur wenigen Lebenden ist es vergönnt, ihn zu betreten. Er ist den Toten vorbehalten, der Ort ohne Wiederkehr.«

Aus einiger Entfernung waren Laute zu hören, die an das Gebell eines Hundes erinnerten, nur viel lauter und schrecklicher.

»Hörst du das, Koma? Das ist mein Wächter, vorne am Tor, am Gatter, das die durchqueren, die ihr Leben verwirkt haben. An ihm kommt niemand vorbei, der nicht für diesen Ort bestimmt ist.

Hier wird es niemals Sommer, hier bleibt es ewig Winter. Nichts wächst, aber alles verfällt. Es gibt keinen Genuss, keinen Trost, keine Heilung, nur Elend, Verzweiflung, Hunger, Krankheit und Sterben.«

Plötzlich begann der Sumpf vor Koma zu brodeln, und die entsetzlichen Hörner und Flügel des Wesens tauchten aus der giftigen Brühe auf. Koma presste sich angstvoll gegen den Stamm der Zypresse. Kurz darauf stand die Kreatur in voller Größe vor ihr. Der Aasgestank nahm Koma fast den Atem.

»Wer bist du?«, stieß sie hervor.

Wieder brach die Kreatur in ein schallendes Gelächter aus, das den Boden unter Komas Füßen zum Beben brachte.

»Gestatten, Monzius«, sagte er in seiner quälenden Stimmlage und deutete höhnisch eine Verbeugung an. Erst jetzt sah Koma, dass er statt Füßen auf Hufen ging wie eine Ziege.

»Nanu, nana, der Tod ist da! Fürst der Hölle, Herr der Unterwelt, König der Verdammten und Gebieter der dämonischen Heerscharen«, erklärte er.

Koma schluckte und versuchte, ihre Angst zu verdrängen. Das Wesen durfte nicht sehen, wie viel Furcht sie hatte.

»Warum hast du mich hierhergebracht? Was willst du von mir?«

Verzweifelt rieb sie sich die Augen in der Hoffnung, dass das alles hier nur ein schrecklicher Albtraum war, aus dem sie jederzeit erwachen konnte.

»Bin ich tot? Ist das der Grund, warum ich hier bin?«

Komas Stimme überschlug sich. Rasch tastete sie ihre Arme ab. Ihr Körper fühlte sich an wie immer, doch das war vielleicht nur eine Illusion.

»Der Tod ist eine Illusion, Schätzchen, das solltest du inzwischen gelernt haben. Oder hast du keines der Bücher dort oben in deinem hübschen Schloss gelesen, während du vergeblich auf deinen Prinzen gewartet hast?« Das Krächzen nahm einen süßlichen Klang an, der nicht weniger unerträglich war.

»Es war nicht vergeblich!«, widersprach ihm Koma trotzig. »Jack hat mich gefunden, er war bei mir, kurz bevor du aufgetaucht bist.«

»Aha, meine Teuerste, doch wo war er, als du dich verzweifelt in die Fluten stürztest, bereit, dich von den Wellen an den Klippen deines Schlosses zerschlagen zu lassen?«

Koma war außer sich vor Wut, Angst und Ekel. Sie zerrte an der Kette, obwohl sie wusste, dass es aussichtslos war.

»Diese Kette ist aus Verzweiflung geschmiedet, holde Koma. Keine Kraft der Welt kann sie sprengen, auch du nicht. Deshalb haushalte gut mit deinen Kräften«, verhöhnte Monzius sie weiter.

»Sag mir, was du von mir willst, oder lass mich frei!«, verlangte Koma und war selbst erstaunt darüber, welche Kraft die Wut ihrer Stimme verlieh.

»Oh ihr Menschen und euer unbedingtes Ringen um Verständnis. Für euch muss alles immer einen Grund haben, weil ihr besessen davon seid, alles zu kontrollieren. Jeder handelt nach einem Motiv, will irgendwas, braucht irgendwas. Was ihr über die Dunkelheit, das Böse nicht begreift, ist, dass es kein Motiv benötigt. Es schlägt einfach zu, das ist der Kern seines Wesens. Ihr könnt fromme Christen sein – die jagen wir übrigens am liebsten – oder an alte Götter glauben oder euch gar vom Glauben ganz lossagen: Das Böse findet immer einen Weg, euch zu quälen. Ist es nicht absurd, dass die Menschen ausgerechnet vom Bösen so etwas wie Gerechtigkeit verlangen? Sie fordern, dass sie nicht stärker gequält werden als ihr Nachbar, weil dieser doch ein viel schlechterer Mensch ist. Das liegt daran, dass ihr mit eurem mickrigen Verstand gar nicht in der Lage seid, zu ermessen, was das Böse ist. Es braucht keinen Antrieb, keine Ursache, es ist einfach und es handelt, es zerstört und vernichtet nach Belieben, es nistet sich mal hier, mal dort ein.«

Koma zitterte. Der feuchte Nebel hatte ihr Kleid durchdrungen und kühlte jetzt ihre Haut aus. Entschlossen reckte sie das Kinn.

»Also behauptest du, du handelst wie ein Tier? Ohne Verstand, nur nach Instinkt?«

Die Augen des Ungeheuers blitzten gefährlich, und es rückte ein wenig näher an Koma heran. Langsam beugte es sich zu ihr hinunter, sodass sie in eine stinkende Wolke aus seinem Mund eingehüllt wurde.

»Du bist mutig, Koma, sehr mutig, doch das sind die, die nichts mehr zu verlieren haben, immer. Also bilde dir nicht ein, das könnte dich retten. Lass dir gesagt sein, dass dies hier nur die erste von Tausenden und Abertausenden von Höllen ist, die sich die Menschen im Laufe der Jahre ausgedacht haben. Hier gibt es Orte, die du dir selbst in deinen schlimmsten Albträumen nicht vorstellen kannst, einen Strand, an dem ein schrecklicher Drache die Körper verzehrt, Stück für Stück, und giftige Gase die Lungen erfüllen. Wir haben Folterkeller und Qualen für jede Art von Missetäter und Sünder, denn mit eurer abscheulichen Fantasie erschafft ihr euch selbst die Höllenorte, in denen wir euch später foltern.«

Koma fixierte ihn, ohne zu blinzeln. Monzius brauchte nicht zu sehen, wie sehr sie sich vor ihm und seinen Worten fürchtete.

»Ich glaube nicht an die Hölle«, sagte sie. Was auch immer sie mit dieser Aussage beabsichtigt hatte, mit der folgenden Reaktion hatte sie nicht gerechnet. Monzius warf seinen abscheulichen Kopf in den Nacken und brach in ein dröhnendes Lachen aus, das den Sumpf zum Kochen brachte. Äste und Blätter stürzten herab, und rasch kauerte sich Koma zusammen, um nicht verletzt zu werden.

Nachdem Monzius sein schreckliches Maul wieder zugeklappt hatte, sagte er: »Vielleicht glaubst du nicht an diese Hölle, Prinzessin, doch jeder von euch Menschen hat einen Ort in seinem Inneren, an dem seine Dämonen toben und seine Ängste nur darauf warten, ihn zu verschlingen. Ihr denkt da in euren Körpern, es würden euch keine Strafen nach dem Leben erwarten. Tatsächlich? Hier unten werden diese Orte lebendig und erwarten euch, stehen bereit, um auch das letzte Fünkchen Leben aus euch herauszuquetschen, bis ihr nur noch leere, seelenlose Hüllen seid, in denen jegliches Licht erloschen ist.«

Koma schloss die Augen, um den widerwärtigen Anblick des gehörnten Teufels aus ihren Gedanken auszuschließen.

»Du bist böse, nichts weiter.«

Sie schlang die Arme um die Knie und ignorierte Monzius, der sie überrascht und verwirrt ansah, bevor er wieder in sein markerschütterndes Lachen ausbrach.

»Ihr Menschlein seid doch immer wieder für eine Überraschung gut. Ihr tut alles, um euch zu behaupten, um euer Leben und das, was ihr Liebe nennt, zu verteidigen, dabei ist das nicht mehr als ein Lufthauch in der großen Leere der Ewigkeit. Niemand entkommt dem Herrn der Unterwelt, dem alten Seelenfänger und seiner großen Ernte. Ich kenne dich und deine tiefsten Ängste, all das, was du in deinem Innersten verborgen hältst und niemals jemanden sehen lässt. Ich habe in dich hineingeschaut wie in ein Fenster und ich weiß alles über dich.«

Koma wagte nicht, Monzius anzuschauen, der unbeirrt fortfuhr:

»Deine Hölle, Koma, ist ein Ort, an dem die Liebe gescheitert ist. Eine wahrhaft köstliche Komposition, exquisit und keineswegs alltäglich. Der schlimmste Schmerz entsteht erst, wenn man weiß, was man verloren hat. Sich einsam zu fühlen, ohne dem Liebsten je begegnet zu sein, ist einfach. Die Einsamkeit zu ertragen, nachdem man erfahren hat, wie es ist, den Einen oder die Eine zu finden, ist hingegen für viele schlimmer als der Tod oder Verstümmelung. Du hast dir diese Hölle gewählt, um deine Seele martern und reinigen zu lassen.«

Während er sprach, ging er vor Koma auf und ab, stapfte mit seinen Hufen in den schlammigen Untergrund, sodass der Dreck hoch aufspritzte.

»Dafür«, sagte Koma. »Also hast du mich hierhergebracht, damit ich hier darunter leide, dass Jack verschwunden ist? Er wird mich finden! Er wird hierherkommen und mich befreien, weil mein Herz das seine sucht und keine Macht, auch deine nicht, du nach Aas stinkender Flegel, kann daran etwas ändern.«

Bei ihren Worten verharrte Monzius plötzlich und legte den Kopf schief. Die Mundwinkel seiner Fratze zuckten, was ihn noch unheimlicher wirken ließ.

»Du Närrin«, zischte er. »Du bist hier, weil jemand seine Seele verkauft hat, um dich haben zu können. Ist das nicht das Romantischste, was man je gehört hat? Oh, diese Liebenden! Ich gestehe, sie martere ich besonders gerne. Sie geben sich dem Schmerz so lustvoll hin.«

Der Teufel machte einen Kratzfuß und verneigte sich tief.

»Prinzessin Koma, begrüßt Euren Gemahl!«

Im Augenwinkel machte Koma eine Bewegung zwischen den Bäumen aus und fuhr hoch, nur um von der Kette wieder zurückgerissen zu werden. Eine Gestalt, eindeutig menschlich, kam durch den Nebel auf sie zu. Für einen Moment flackerte trügerische Hoffnung in ihr auf, als sie glaubte, die Umrisse von Jack zu erkennen.

»Jack? Bist du es?«, wisperte sie. Doch als der Mann zwischen den Bäumen hervortrat und sich der Nebel um ihn lichtete, erkannte sie, dass es ein Fremder war. Er war groß, mit breiten Schultern, und etwas an seinen Gesichtszügen erinnerte Koma an Jack, doch er war es nicht.

»Hallo, Koma«, sagte Louis.

»Wer bist du?«, brachte Koma zwischen zitternden Lippen hervor.

»Koma, das ist Louis, dein Gemahl, in diesen und in allen Welten, denn er hat mit seiner Seele dafür bezahlt, an deiner Seite sein zu dürfen, und was man mit Seelengeld bezahlt, das darf nicht verwehrt werden. So sind die Regeln! Ich habe sie nicht gemacht, also freue dich.«

Das abstoßende Gesicht des Höllenfürsten nahm einen feierlichen Ausdruck an.

»Hiermit erkläre ich euch zu Folterknecht und Insasse, äh ich meine natürlich Mann und Frau.«

Entgeistert starrte Koma den Fremden an, dessen Ähnlichkeit mit Jack ihr wie ein weiterer grausamer Hohn dieses hasserfüllten Ortes erschien.

Der Teufel klatschte theatralisch in seine Hände und krächzte: »Die Kinder werden so schnell groß, hat mal jemand ein Taschentuch?«

Louis stand nun direkt vor Koma, die ihn noch immer sprachlos anstarrte.

»Ich habe so lange auf diesen Moment gewartet«, sagte er und streckte seine Hand nach ihr aus. Koma wich zurück.

»Wer bist du? Und weshalb sollte ich deine Frau sein wollen? Ich kenne dich nicht!«

»Aber ich kenne dich, Koma. Und ich habe alles dafür gegeben, dass du meine Frau wirst.«

Nach dem Schock stieg in Koma eine neue Welle des Zorns auf. Sie verengte ihre Augen zu schmalen Schlitzen und schleuderte dem Unbekannten entgegen: »Ich bin nicht deine Frau und werde es niemals sein. Denkst du, du kannst mich kaufen wie eine billige Trophäe?«

Das Gesicht des Fremden verhärtete sich.

»Billig warst du ganz sicher nicht, Koma. Immerhin habe ich mit meiner Seele für dich bezahlt, und ich weiß nicht, wie viel du über Seelen weißt, aber gemeinhin hat man nur eine.«

»Das ist mir egal!«, presste Koma hervor, die sich noch immer an den kahlen Stamm der Zypresse klammerte, um so viel Distanz wie möglich zwischen sich und Louis zu bringen.

»Ich gehöre Jack, ganz allein! Er ist es, den ich liebe und ihm ist *meine* Seele versprochen. Über die hast du keine Macht!«

Louis blinzelte. Seine Kiefermuskeln malmten, als er seinen Kopf ruckartig umwandte und Monzius direkt in die glühenden Augen sah.

»Jack?«, zischte er. Monzius hob in gespielter Unschuldsmiene die hässlichen Schultern.

»Schau mich nicht so an! Während die Prinzessin in dem Schloss vereinsamte, sang sie eine Menge Lieder voller Sehnsucht, und anscheinend reichte das aus, um die Aufmerksamkeit deines verhassten Widersachers auf sich zu ziehen. Ist halt dein ganz persönliches Karma und so. Er fand sie in ihrem Schloss, doch gräme dich nicht, den beiden waren nur wenige Stunden vergönnt, während du ein ganzes Leben und anschließend die Ewigkeit mit ihr teilen wirst.«

»Das war nicht Teil unserer Abmachung«, wütete Louis. Sein Gesicht hatte eine ungesunde, rote Farbe angenommen, und er ballte die Fäuste so fest, dass seine Knöchel weiß hervortraten. Er machte einen Satz nach vorne und packte Koma hart am Arm. Sie sah das aufgebrachte Funkeln in seinen Augen und spürte, wie kalte Furcht nach ihrem Herzen griff.

»Ich habe das Schloss für dich gebaut, damit du in Sicherheit bist. Ich habe es mit allen Annehmlichkeiten und mit unsichtbaren Dienern ausgestattet, und so dankst du es mir?«

Er holte mit der Hand aus, und bevor Koma wusste, was mit ihr geschah, schlug er sie mit der Rückseite seiner Hand so hart ins Gesicht, dass sie das Bewusstsein verlor. Das dröhnende Lachen des Teufels war das Letzte, was in ihren Ohren gellte, bevor die Dunkelheit ihren Geist umfing und alles um sie herum auslöschte.

VI
Allein in der Dunkelheit

»Ich will, dass du Jack auslöschst, ewige Dunkelheit über seine Seele legst, verstehst du mich? Ich fordere dich, Herr der Finsternis, alter Seelenfänger. Vernichte alles in Jack, das zu Liebe fähig ist, und dann wird Koma mir gehören! Mir allein!«

Jack schrak auf. Das Echo der Stimme hallte durch seinen Kopf. Wen hatte er da gehört?

Panisch sah er sich um. Wo befand er sich?

Um ihn herum war es dunkel, eine leere, körperlose Schwärze, die ihn auf beklemmende Weise umhüllte, sich an ihm festklammerte und versuchte, ihn zu verschlingen.

»Koma? Koma!«

Jacks Stimme verklang zu einem Flüstern. Die Gesetze der Physik schienen außer Kraft gesetzt.

»Was ist das für ein schrecklicher Ort?« Jack rappelte sich mühsam auf, bewegte sich tastend durch das tiefschwarze Nichts. Er machte einen Schritt, dann den nächsten. Es war unmöglich, sich zu orientieren. Nie zuvor hatte er eine solche absolute Finsternis erlebt; er war sich sicher, dass das eigentlich gar nicht möglich war.

Langsam ließ sich Jack wieder in die Hocke sinken, dann setzte er sich auf den Boden und schlang die Arme um seine Knie.

Die Schwärze kroch in seine Seele, in sein Innerstes und löschte dort alles aus, was von Licht erfüllt war. Er konnte fühlen, wie sich Kälte in ihm ausbreitete, seine Sinne betäubte und seine Gedanken verlangsamte.

»Koma«, wisperte er, und dann, mit wachsender Verzweiflung: »Koma!«

Niemand hörte ihn. Er war allein, so allein wie nie zuvor. Noch nicht einmal das Licht war bei ihm. Schluchzend vergrub Jack sein Gesicht an seinen Knien.

»Ich kann nicht ohne sie leben. Koma ist mein Licht, ohne sie kann ich nicht existieren, nicht in dieser Welt und nicht in irgendeiner anderen.«

Er wollte nicht mehr weitergehen, nicht mehr von einer Welt in die nächste geschleudert werden, sobald er einschlief. Jetzt, da er wusste, dass Koma existierte und in welcher Gefahr sie schwebte, erschien es unmöglich, auch nur einen Atemzug ohne sie zu tun. Alles in ihm sehnte sich nach ihr, strebte nach dem warmen Glanz, der ihr Gesicht, ihr Haar umgab.

»Du bist wunderschön«, flüsterte Jack, während sein Herz vor Schmerz brannte. »Das Schönste, was ich je gesehen habe. Bitte, Koma, verlass mich nicht!«

Doch um ihn herum blieb es dunkel. Was, wenn Koma nur ein Trugbild war, so wie scheinbar alles in dieser seltsamen Welt irgendwo zwischen Wirklichkeit und Traum? Wenn er sie niemals wiedersehen würde, ganz gleich in wie vielen Welten er noch erwachte? Diese Vorstellung war unerträglich und machte ihm Angst.

Schluchzend schloss Jack die Augen und fiel erneut in einen unruhigen Schlaf.

* * *

Als er die Augen wieder öffnete, lag er inmitten der Ruinen einer zerstörten Stadt. Über ihm ragten die ausgebrannten Stockwerke und schwarz verkohlten Wände verlassener Gebäude in einen in Flammen stehenden Himmel. Rauch lag in der Luft, darunter breitete sich der unverkennbare Geruch von Tod und Fäulnis aus.

Plötzlich hatte er das Gefühl, nicht allein zu sein. Jack sprang schwankend auf und sah sich nach allen Seiten um. Täuschte er sich, oder lauerte da etwas in den Schatten, unter den Trümmern? Geifernde, blutgierige Dämonen, die ihn zu verschlingen drohten?

»Ich will, dass das aufhört«, murmelte er, dann schrie er laut:

»Ich will, dass das aufhört! Ich ertrage es nicht mehr, ständig an einem anderen Ort aufzuwachen, einer schrecklicher als der andere. Alles, was ich will, ist Koma!«

Statt einer Antwort waren aus dem Schatten grässliche Zischlaute zu hören, und dann ein Schlurfen und Scharren, als bewegte sich etwas auf ihn zu. Sein Herz hämmerte hart in seiner Brust, und Jack hatte das Gefühl, keine Luft mehr zu bekommen.

Seine Augen spielten ihm einen Streich. Er sah Bewegungen, wo keine waren, und schwarzes Nichts, wo er ein Atmen und Kauen hörte, als ob gewaltige Kiefer aufeinanderprallten.

Dann hörte er ein Lachen, krächzend und schief, sodass es in seinen Ohren dröhnte. Aus den Schatten wuchsen Arme, Köpfe, Beine – körperlos und doch zugleich präsent. Die Leiber der Dämonen waren durchscheinend und zugleich tiefschwarz, die Oberfläche ihrer Haut strahlte einen seltsamen Glanz aus, als sei sie mit Feuchtigkeit bedeckt. Statt Händen hatten sie Tatzen mit riesigen, scharf aussehenden Klauen, und dort, wo sich der Kopf befand, ragte ein monströses Maul mit blitzenden Zähnen hervor, aus dem giftiger Speichel troff.

Sie bewegten sich nicht gerade schnell, sondern schleppten sich ungelenk und stöhnend voran, als fiele ihnen die Bewegung schwer. Die Höhlen ihrer Augen waren leer; dahinter befand sich nichts, keine Seele, kein Geist. Hin und wieder gab eines der Wesen ein markerschütterndes Stöhnen von sich, bei dem sich Jacks Nackenhaare aufstellten.

Er begann zu laufen, erst langsam, dann immer schneller, und obwohl die Dämonen aus den Schatten ihre Arme nach ihm ausstreckten und nach ihm zu greifen schienen, kam keines der Wesen nahe genug an ihn heran, um ihm schaden zu können.

Trotzdem war ihm wohler dabei, so viel Abstand wie möglich zwischen sich und diese Ungeheuer zu bringen. Deshalb lief er in raschem Tempo durch die verwüstete Stadt. Es sah aus, als sei hier ein Meteorit vom Himmel gestürzt, vielleicht war es auch ein Erdbeben oder ein schrecklicher Krieg, der diese Verwüstungen angerichtet hatte. Ein Ort aus der Hölle, an dem nur die Verdammten lebten, jene, die im Leben so viel Schuld auf sich geladen hatten, dass nach dem Tod ewige Qual und entsetzliche Folter auf sie wartete, niemals endend, immerwährend.

»Sieht fast so aus, als könnte sich Satan persönlich hier wohlfühlen«, murmelte Jack mit Galgenhumor. Er hatte keinen Zweifel daran, dass der Teufel Gefallen an einem so seelenlosen Ort haben würde.

Obwohl er nun schon eine ganze Weile lief – die Schattendämonen folgten stets in einigem Abstand hinter ihm – schien sich die Welt um ihn herum nicht zu verändern. Ausgebrannte Häuser, schwarz verkohltes Holz und verrußte Steine vor einem lodernden Himmel: Die Szene blieb gleich. Er hatte jedes Gefühl für die Zeit verloren; es kam ihm so vor, als liefe er schon lange, oder waren es doch nur ein paar Minuten?

Jack blieb keine Zeit, länger über diese Frage nachzudenken, denn im nächsten Moment verloren seine Füße abrupt den Halt, und er stürzte in einen tiefen schwarzen Schacht.

Er stieß einen lauten Schrei aus, der von den engen Wänden zurückgeworfen wurde, und schlug schließlich hart auf dem Hosenboden auf. Es stank entsetzlich, nach Abfällen, Fäkalien und Schlimmerem. Unter ihm lief ein abscheulich pestendes Rinnsal aus Exkrementen; der Gang war so niedrig, dass er kaum aufrecht darin stehen konnte.

Zu seiner großen Erleichterung leuchtete plötzlich das Licht vor ihm auf, nicht blau wie sonst, sondern in einem strahlenden, tiefen Rot. Offenbar musste sich sogar das Licht den Gesetzen dieser Unterwelt beugen. »Ich habe mich schon gefragt, wo du abgeblieben bist«, sagte Jack zu seinen alten Freund, der über ihm schwebte.

Immerhin waren die Schattendämonen verschwunden. Er konnte sie oberhalb des Lochs, durch das er gefallen war, schlurfen und stöhnen hören.

Tastend bewegte sich Jack vorwärts. Auch hier war es dunkel, doch es war nicht die körperlose Schwärze, die ihn in der vorherigen Welt umfangen und in tiefe Verzweiflung gestürzt hatte.

Er versuchte, sich nur auf den nächsten Schritt zu konzentrieren. Wenn er den Aufenthalt an diesem höllischen Ort überleben wollte, musste er alle seine Sinne beieinander halten.

Plötzlich jagte ihm eine Berührung an seinem Knöchel einen Schauer über den Rücken. Jemand griff von unten nach ihm, umklammerte sein Bein, versuchte, ihn zu Fall zu bringen und nach unten zu ziehen.

Jack schrie laut auf und trat um sich, um den Angreifer abzuwehren, doch auf einmal waren da noch mehr, unzählige Hände, die aus dem Morast des Bodens nach ihm griffen und versuchten, ihn zu sich hinabzuziehen.

Jack trat zu. Er traf Knochen, Fleisch, das merkwürdig weich war und unter seinen Tritten nachgab und aufzuplatzen schien – ein ekelerregendes Gefühl, das immer neue Wogen von Verwesungsgestank nach sich zog. Bald schon hatte Jack das Gefühl, sich über einen Berg aus Leichen durch das unterirdische Reich dieses Höllenorts zu bewegen. Ein schrecklicher Gedanke, den er rasch zu verdrängen suchte. Er musste hier raus!

Was war das dort vorne? Das Licht, das einige Meter vorausflog, um ihm den Weg zu weisen, flackerte und verschwand, nur um kurz danach wieder aufzutauchen.

Dann sah er das Licht, das von oben hereinzufallen schien, echtes Tageslicht!

Jack strengte sich an, um sich schneller zu bewegen und die schmatzenden Geräusche unter seinen Füßen ebenso zu ignorieren wie die eiskalten Finger, die ihn festzuhalten versuchten.

Er kam dem Lichtstrahl näher, bald schon sah er über sich eine Öffnung, die an die Oberfläche führte. Eine wacklige und verrostete Leiter war an den Wänden des Schachts angebracht, doch Jack überlegte nicht lange. Mit letzter Kraft erklomm er die Sprossen und fühlte endlich das Sonnenlicht auf seinem Gesicht, das durch ein dichtes Blätterdach auf einen Waldboden fiel.

Vogelgezwitscher weckte ihn, begleitet von einem lauten Hämmern, das eindeutig menschlichen Ursprungs war. Jack fühlte sich noch ein wenig benommen. Der Gestank, der an seinen schmutzigen Kleidern klebte, erinnerte ihn an den schrecklichen Ort unterhalb der Ruinenstadt, dem er gerade erst entkommen war.

Er genoss das helle Licht der Sonne, das ihn durch die grünen Farbtöne der Baumkronen über ihm erreichte und sanft und beinahe zärtlich streichelte, wie die Berührung eines geliebten Menschen.

»Koma«, flüsterte Jack, und die Sehnsucht nach seiner Geliebten war so stark, dass er fast körperliche Schmerzen beim Gedanken an sie empfand.

»Was die Welt nicht weiß, bringt sie nicht um den Schlaf«, hörte er eine Stimme kreischen, darauf folgte wieder das Klopfen.

Langsam stand Jack auf und ging den Geräuschen nach. Der Waldboden unter seinen Füßen federte weich, die Luft war rein und köstlich, und der Schatten zwischen den Bäumen kühlte seine vom Laufen erhitzte Haut auf wunderbare Weise. Dann erblickte Jack ein blaues Zelt, aus dem etwas herausgelaufen war. Je näher er dem Zelt kam, umso mehr Schmeißfliegen versammelten sich um ihn. Auf einer Lichtung daneben bot sich ihm ein merkwürdiges Bild. Ein Junge im Alter von etwa zwölf Jahren in abgerissener und verdreckter Kleidung saß im Schneidersitz auf dem Boden und schlug mit einem Stein auf ein altes Kofferradio ein, während er immer die gleichen Worte wiederholte.

»Was die Welt nicht weiß, bringt sie nicht um den Schlaf.«

Vorsichtig kam Jack näher.

»Wer bist du?«, fragte er den Jungen, doch dieser schien ihn gar nicht zu hören.

»Was die Welt nicht weiß, bringt sie nicht um den Schlaf.«

Jack ging in die Hocke. Jetzt sah er, dass auf der Lichtung weitere, offenbar von dem schmutzigen Jungen zerstörte Gegenstände herumlagen: ein Koffer, ein Rasenmäher, ein Plattenspieler, eine Uhr, eine Modelleisenbahn.

Plötzlich hielt der Junge inne und sah ihn an.

»Kaputte Sachen kann keiner mehr machen«, sagte er und grinste dümmlich. Seine Zähne waren so schwarz, als seien sie über und über von Karies zerfressen. Seine aschblonden Haare starrten vor Schmutz, und sein Gesicht war verkrustet von verschiedenen Dreckschichten. Seine Wangen waren hohl und die Schatten unter seinen Augen so tief, als hätte er schon lange weder etwas gegessen noch geschlafen.

Das Auffälligste aber war sein Rücken, der von einem großen Buckel entstellt war. Das verlieh ihm das Aussehen eines Zwerges.

Etwas Bösartiges blitzte in seinen Augen auf, und Jack nahm sich vor, vorsichtig zu sein. Inzwischen hatte er gelernt, dass in keiner der Welten, die er unfreiwillig besucht hatte, die Dinge wirklich so waren, wie sie anfangs zu sein schienen.

»Ich mag dich nicht«, stieß der Bucklige knurrend hervor.

»Ich kenne dich nicht«, sagte Jack, ohne ihn aus den Augen zu lassen. Etwas kam ihm dennoch an diesem fremden Jungen vertraut vor, allerdings auf eine unangenehme Art und Weise. War es möglich, dass er ihm schon einmal begegnet war und sich nicht daran erinnerte? Es fühlte sich allerdings nicht so an, als sei diese Begegnung positiver Natur gewesen.

Plötzlich schien es Jack, als würde er beobachtet. Er wandte den Kopf und sah aus dem Augenwinkel eine dunkle Gestalt. Etwas blitzte im Sonnenlicht auf – war das etwa wieder der Mann mit dem Motorradhelm? Hype? Doch bevor Jack sich vergewissern konnte, sprang der Junge auf und begann, in bizarren Verrenkungen um ihn herumzuspringen.

»Ich habe keine Träume mehr«, schrie er. »Kannst du mir welche geben? Gib mir etwas zum Spielen!«

Jack wich unwillkürlich vor dem Tanzenden zurück.

»Ich habe nichts zum Spielen«, sagte er. »Und meine Träume kann ich dir nicht geben.« Nach einer kurzen Pause fügte er hinzu. »Vertrau mir, du willst sie auch nicht haben.«

»Ich will deine Träume!«, kreischte der Junge. »Ich will sie alle, die guten und die schlechten, ich will wieder träumen!«

Seine schrille Stimme gellte in Jacks Ohren, und seine ruckartigen Bewegungen versetzten ihn in Unruhe.

»Hör auf damit!«, verlangte Jack und wurde zunehmend zorniger. Die Lichtung und der Wald hatten mit einem Schlag ihre Friedlichkeit verloren. Sogar die Vögel waren verstummt, und die Sonne verbarg ihr Antlitz hinter einer schweren schwarzen Regenwolke. Von der dunklen Gestalt war nichts mehr zu sehen. »Ich sagte, hör damit auf!«

»Ich höre nicht auf, ich höre nicht auf«, gab der Junge zurück, dessen Bewegungen immer irrer wurden. Blanker Wahnsinn leuchtete nun aus seinen Augen.

»Lass mich in Ruhe!«, schrie Jack. Da machte der Junge einen Satz und stürzte sich auf ihn. Mit seinem ganzen Gewicht prallte er gegen Jack und riss ihn von den Füßen. Jack wurde nach hinten geschleudert und kam hart auf dem Boden auf. Auf seiner Brust hockte der Bucklige und versuchte, ihm mit seinen schmutzigen, klauenartigen Fingern das Gesicht zu zerkratzen. Jack hatte alle Hände voll damit zu tun, ihn abzuwehren.

»Deine Träume! Gib mir deine Träume! Gib mir all deine Träume!«, kreischte der Zwerg.

Jack konnte spüren, wie seine Fingernägel ihm die Gesichtshaut zerfetzten. Blut strömte seine Wangen hinab. In seiner Verzweiflung griff er nach einem Stein und schlug ihm seinen Angreifer mit voller Wucht gegen die Stirn.

Ein dumpfer Laut war zu hören, die Arme des Buckligen erschlafften, und er verdrehte die Augen, bevor er rückwärts umfiel wie ein gefällter Baum. Dann blieb er reglos liegen. Blut floss aus einer Wunde an seiner Stirn.

Schon befürchtete Jack, dass er den Jungen umgebracht hatte, doch dann sah er, dass seine Hände noch zuckten. Entsetzt starrte Jack auf den Stein in seiner Hand, an dem das Blut des Unbekannten klebte, ließ ihn fallen und stürmte davon.

Der Wald war nun ganz und gar verändert. In Dunkelheit getaucht, regierten die Schatten und nicht mehr das sanfte Sonnenlicht. Das beruhigende Rauschen der Blätter war erstorben, ebenso wie der liebliche Duft der Waldpflanzen; stattdessen war Jack nun umgeben von knorrigen Bäumen, deren kahle Äste sich einem nachtschwarzen Himmel entgegen reckten, ein albtraumhafter Ort voller Düsternis und Schrecken. Langsam fühlte sich Jack sterblich und schwach. Er spürte, wie die Energie aus ihm herausfloss und ihn leer und hohl zurückließ. Auch das Licht schien matter und langsamer zu werden, dunkelrot glimmend wies es ihm den Weg.

Immer wieder stolperte Jack im Laufen über Wurzeln, fiel hin, schlug sich Knie und Hände auf, doch er verlangsamte sein Tempo nicht.

»Ich hasse diesen Ort, ich hasse ihn! Ich will hier weg«, keuchte er. Niemand antwortete ihm, hier, an diesem verfluchten Ort der Vergeblichkeit.

Auf einmal hatte Jack das Gefühl, zu schweben, an unsichtbaren Fäden hinaufgehoben zu werden. Der Wald und seine Finsternisse waren verschwunden, um ihn herum strahlte das silberne Licht einer Mondnacht. Der Schlaf pflückte Jack wie eine reife Frucht und trug ihn mit sich davon.

* * *

Nebel umfing Jack, als er aus diesem Schlaf erwachte. Er fühlte sich immer noch nicht besser. Dichte Nebelschwaden waberten um ihn herum, sodass es nicht leicht war, seine Umgebung zu erkennen. Jack sah flache Hügel, dahinter ragten Schatten auf.

»Ein Friedhof«, entfuhr es Jack. »Ein Ort des Todes! Soll es hier sein? Werde ich hier mein Ende finden, ohne die liebliche Koma wiedergefunden zu haben?«

Als sei das ein Signal gewesen, schoss auf einmal eine bleiche und halb vermoderte Hand aus dem Boden und umklammerte mit schmerzhaftem Druck sein Fußgelenk.

»Au!«, brüllte Jack und versuchte, sich loszumachen, doch die Knochenhand verfügte über erstaunliche Kräfte.

»Lass mich los!«, schrie Jack und verpasste der Hand mit seinem freien Bein einen so heftigen Tritt, dass sich ihr Griff lockerte; mit letzter Kraft konnte er sich aufrappeln und davonlaufen.

Wieder war Jack auf der Flucht, lief davon vor einem neuen, namenlosen Schrecken, der ihn durch seine Träume verfolgte.

Der Nebel nahm ihm die Sicht, doch wenn er sich umsah, dann erblickte er lebende Tote, die auf ihn zukamen, Leichen mit verwesten Gliedern und gebrochenen Knochen, die sich über den Friedhofsboden schleiften, die Arme und Hände gierig nach ihm ausgestreckt, so als wollten sie ihn mit Haut und Haaren fressen.

»Nein!«, schrie Jack. Vor ihm flackerte das Licht auf, nun nicht mehr rot, sondern leuchtenden schwarz. Es hüpfte zwischen den Grabreihen auf und ab. Im Zickzack lief Jack über den Friedhof, sprang über Grabsteine und Kreuze, machte Sätze über Grabplatten und frisch ausgehobene Gräber, über dessen zukünftige Bewohner er sich lieber keine Gedanken machen wollte.

Plötzlich tauchte direkt vor ihm ein flaches, fensterloses Gebäude auf, dessen Eingang von einem schmiedeeisernen Tor verschlossen war.

Jack hechtete auf das Tor zu, in der festen Hoffnung, dass er es nicht verschlossen vorfinden würde. Und tatsächlich: Als er die Klinke zu fassen bekam, gab sie nach, und die Tür schwang auf.

Jack stürmte hinein und befand sich erneut in fast absoluter Finsternis. Er stieß mit dem Fuß gegen etwas Großes, Hartes, das sich aber glücklicherweise nicht bewegte. Er wirbelte herum und schlug die Tür zu, gerade noch rechtzeitig, bevor sich die erste der wandelnden Leichen durch den Spalt zu ihm hereinzwängen konnte.

Keuchend und nach Luft schnappend wich Jack von der Tür zurück. Nahmen diese Verfolgungsjagden denn niemals ein Ende? Jeden Moment hatte er das Gefühl, umzukippen und aufzugeben, doch es ging immer weiter, wie eine Serie.

Nach und nach gewöhnten sich seine Augen an die Dunkelheit. Zuerst konnte er nur Schemen, dann auch genauere Formen ausmachen. Inzwischen drängten sich fast ein Dutzend der Untoten vor der Gruft.

Hinter ihm, auf einer kleinen Empore, stand ein Sarg mit offenem Deckel. Langsam trat Jack näher heran. Der Sarg war leer, und einer plötzlichen Eingebung folgend, kletterte Jack hinein. Das schwarze kleine Licht folgte ihm und erleuchtete den Innenraum des Sarges. Kaum hatte er sich hineingelegt, setzte sich der Sargdeckel knarrend in Bewegung und schloss sich so schnell, dass Jack im Inneren des Sarges eingesperrt war. Sofort hatte er das Gefühl, keine Luft mehr zu bekommen. Er trommelte mit den Fäusten gegen den Sargdeckel, doch dieser blieb fest verschlossen.

»Nein!«, schrie er und seine Stimme klang dumpf im Inneren des Sarges. Schon drang erneut die Dämmerung in seine Gedanken und trug ihn auf den dunklen Schwingen des Schlafes davon.

* * *

Die Panik verfolgte Jack durch den Schlaf bis zu seinem nächsten Erwachen.

Diesmal befand er sich im Inneren eines Farmhauses. Der Blick aus dem Fenster zeigte nichts als Felder. Das Innere des Hauses war heruntergekommen und sah aus, als sei es aus dem letzten Jahrhundert übrig geblieben und irgendwie vergessen worden.

Ein Quietschen erregte seine Aufmerksamkeit. Durch eine offenstehende Tür konnte er eine alte Frau entdecken, die in einem Schaukelstuhl saß und gemächlich vor und zurück wippte. Würde sie ihn auch angreifen? Mühsam und mit noch immer rasendem Herzen rappelte Jack sich hoch. »Hallo?« fragte er und kam vorsichtig näher.

Die Frau warf den Kopf in den Nacken und brach in ein lautes, höhnisches Gelächter aus, das Gesicht wie im Wahn verzerrt. Jack blieb abrupt stehen, dann drehte er sich um und lief los, versuchte, das Haus so schnell wie möglich zu verlassen. Doch auf einmal kam draußen, auf der Ebene vor dem Haus, ein Sturm auf. Blitze zuckten über den Himmel und schlugen ganz in der Nähe ein. Donner grollte ohrenbetäubend über den Himmel.

Jack kam an einer Tür vorbei, die offenbar in die Küche des Hauses führte. Genau in diesem Moment erhellte das gleißende Licht eines Blitzes das Innere, und im zuckenden Aufblitzen machte Jack die Umrisse eines riesigen, missgestalteten Monsters aus, das vor einem altmodischen Kühlschrank stand, die beiden Pranken in einen unförmigen Blutklumpen gegraben. Von seinen Mundwinkeln troff Blut, es tropfte auf den Boden, wo es große klebrige Pfützen bildete. Die Augen des Monsters glommen in einem giftigen Grün auf, und Jack wurde übel. Saurer Mageninhalt stieg in seiner Speiseröhre auf, und es gelang ihm gerade noch, ihn wieder hinunterzuschlucken. Das war seltsam, denn Jack konnte sich nicht daran erinnern, wann er das letzte Mal etwas gegessen hatte, ja, ob er überhaupt etwas zu sich genommen hatte, seit er in der Welt der Träume angekommen war.

Ermüdet fiel er auf die Knie und presste sich die Hände an die Ohren.

»Wann hört das auf? Wann hört das endlich auf? Ich will nicht mehr in einem Albtraum gefangen sein!« Das schwarze kleine Licht schien nutzlos zu sein und bewegte sich noch langsamer als bisher.

In diesem Moment gab der Boden unter ihm nach, eine Falltür öffnete sich, und Jack stürzte erneut in eine bodenlose Tiefe.

Diesmal war der Aufprall besonders hart. Kein Moos, keine Erde milderte ihn ab, und Jack wurde für einige Sekunden schwindelig.

Der Schacht, in dem er sich befand, war niedrig, noch niedriger als die Kanalisation; dafür musste er diesmal nicht durch Exkremente kriechen. Die Wände waren aus Stein, ebenso wie der Boden, roh behauen und in den Fels geschlagen.

Zu Jacks Verwunderung war es hier nicht vollkommen dunkel, sondern hin und wieder fiel schwaches Licht durch Risse in der Decke. Er fragte sich, ob er sich noch immer unterhalb des Horrorhauses befand, doch vermutlich würde er das nie herausfinden.

Gebeugt bewegte sich Jack schleppend vorwärts, langsam und tastend, bis er an eine massive Eisentür kam. Zu seinem Erstaunen war sie nicht verschlossen. Er stieß sie auf und fand dahinter einen fensterlosen Raum, der von einer hellen Neonlampe erhellt war. Unwillkürlich fühlte sich Jack an eine Gefängniszelle erinnert. Es gab eine Erhöhung, die offenbar als Bett diente, außerdem ein Waschbecken und eine Toilette.

Neben der Spur schleppte sich Jack zu der Erhöhung und rollte sich in Fetushaltung zusammen, während er schluchzend Komas Namen flehte. Das kleine Licht flackerte neben ihm, es schien ebenfalls sehr erschöpft und leuchtete kaum noch.

Auf einmal sah er Koma fallen, in wehenden Gewändern in eine endlose, tödliche Tiefe stürzen. Er streckte die Hand aus, versuchte, sie zu erreichen, sie zu fangen, das Schlimmste zu verhindern, doch sie entglitt ihm, verschwand mit schreckgeweiteten Augen im Nichts. Nur ihre verzweifelten Schreie waren noch zu hören.

»Jack!«

»Koma!«

Schreiend fuhr Jack aus seinem Traum auf, sein Hemd klebte nassgeschwitzt an seiner Brust.

Noch bevor Jack die Augen aufschlug, wusste er, dass er sich noch immer in der Zelle tief unter der Erde befand, doch er hatte nicht mehr die Kraft, sich darüber zu wundern. Er ahnte, dass ihn die Schattendämonen bis hierher verfolgt hatten, denn er konnte sie immer noch hören. Sie streckten ihre dürren Arme nach ihm aus und gaben dabei widerliche Geräusche von sich, ein Stöhnen und Zischen, ein Fauchen und Knarren, das in Jacks Ohren schmerzte.

Es fühlte sich an, als kostete ihn jede Albtraumwelt mehr Kraft, als er durch den Schlaf gewinnen konnte. Jack war erfüllt von einem dumpfen Gefühl der Erschöpfung, in das sich wachsende Verzweiflung mischte. Das Gleiche schien auch für das Licht zu gelten. Es wurde immer schwächer und schwächer und war mittlerweile zu einem schwachen Glimmen verkommen. Es wurde immer dunkler. Jack schlug sich die Hände vors Gesicht und barg es in tröstlicher, selbstgeschaffener Dunkelheit. Er war Koma nicht einen Schritt näher gekommen, dafür bewegte er sich immer tiefer und tiefer hinein in die Abgründe einer albtraumhaften Welt ohne Hoffnung. Sein Kopf dröhnte, und er spürte seinen Körper kaum noch. Er war am Ende. Kraftlos und müde gab er auf. Er rollte sich zusammen, es war ihm nun mehr egal, ob die Schattenwesen ihn fressen würden. Sein Bewusstsein driftete davon, tiefe Dunkelheit umfing ihn.

Als Jack so am Boden lag, umgeben von Parasiten, tauchte plötzlich der Mann mit dem Helm auf, und alles ging sofort auf Abstand. Nichts traute sich mehr in die Nähe der beiden. Hype ging langsam auf den bewusstlosen Jack zu …

Es dauerte eine Weile, bis Jack bemerkte, dass das Zischen und Fauchen der Schattendämonen verschwunden war. Langsam ließ er die Hände sinken und stellte fest, dass er sich an einem wunderschönen Strand befand. Der Sand war fein und weiß, Palmen wiegten sich im Wind, und türkisblaues Wasser umspülte einige Felsen.

»Wo bin ich?«, murmelte Jack und blieb zermürbt am Boden liegen. Die Sonne blendete ihn nach der langen Zeit in der Finsternis, und er legte eine Hand über seine Augen, um nach dem Licht zu suchen, konnte es aber nicht finden.

»Hallo, Jack!«

Jack fuhr herum und sah direkt in die katzenhaften grünen Augen einer wunderschönen Frau. Sie trug ein smaragdgrünes Gewand, das mehr von ihrer makellosen Haut zeigte, als es verbarg, und für einen Moment war Jack wie gebannt von ihrem Anblick.

»Wer bist du?«, brachte er hervor.

»Mein Name ist Nora«, sagte die Frau und lächelte verführerisch. Der kaputte Jack konnte spüren, wie seine Knie bei ihrem Anblick schwach wurden. Rasch schüttelte er sich.

»Hast du Koma gesehen?«

Die Frau lächelte und schwieg, während sie langsam auf ihn zuging. Hinter ihr, zwischen den Dünen, tauchten weitere Frauen auf, eine schöner als die andere. Jack machte einen Schritt nach hinten, dann noch einen, bis das warme Meerwasser seine Füße umspülte.

»Jede von uns kann Koma für dich sein«, wisperte eine der Frauen, die nun nur noch wenige Schritte von ihm entfernt war. Nora verwandelte sich in das Mädchen seiner Träume, Koma. Sie hatte im nächsten Augenblick Jacks ganze Aufmerksamkeit.

»Wir können alles für dich sein, was du willst.«

Doch wo Komas Augen warm leuchteten, Liebe, Aufmerksamkeit und Hingabe ausstrahlten, waren diese Augen kalt und leer.

»Du bist nicht Koma«, sagte Jack und hob abwehrend die Hände.

Die Frau lachte und warf ihren Kopf in den Nacken, ein Laut, der Jack auf unheilvolle Weise an die verrückte alte Frau in dem verfluchten Farmhaus erinnerte; dann löste sich ihre Gestalt auf, und vor ihm stand ein monströser geflügelter Teufel.

»Was ist es nur, was du an dieser Koma findest?«, fragte er mit seiner grässlichen Stimme. »Du kannst 50 Schönheiten haben, eine so schön wie die andere. Warum nur klammerst du dich ausgerechnet an Koma?«

»Keine ist wie sie«, sagte Jack. »Sie ist die Einzige für mich und wird es immer sein.«

Das Monster lachte, schallend, höhnisch und grausam, doch Jack gab sich ungerührt. Er hatte zu viel ausgehalten, um sich davon beeindrucken zu lassen.

»Koma«, sagte er. »Wo ist sie? Du hast kein Recht dazu, sie gefangen zu halten.«

Wieder lachte der Teufel schallend. Sein Schwanz peitschte über den Sandstrand, während Schwefelgeruch durch die Luft waberte.

»Was weißt du schon darüber, wozu ich ein Recht habe oder nicht? Du verstehst ja selbst noch nicht einmal die simpelsten Regeln der Welt, in der du gefangen bist. Wie oft hast du dir in den letzten Stunden den Tod gewünscht? Aber du stirbst nicht, warum, Jack? Warum?«

Jack runzelte die Stirn.

»Der Tod ist nur ein Komma, kein Punkt«, zitierte Jack aus einem der Bücher, die er gelesen hatte.

»Ach, du hoffst, mir zu entkommen, indem du stirbst? Dummer Jack, du hast wirklich gar nichts verstanden. Wenn du tot bist, bist du tot, ohne jede Chance, deine geliebte Koma jemals wiederzusehen.«

Er legte den Kopf schief und unterzog Jack einer genauen Musterung.

»Unter einer Bedingung wäre ich bereit, dir deine Koma wiederzugeben.«

»Welche Bedingung?«, wollte Jack wissen.

»Gib mir deine Seele!«, verlangte Monzius.

»Meine Seele?«, wiederholte Jack. »Die kann ich dir nicht geben, denn sie gehört bereits Koma, genauso wie mein Herz, und das für alle Zeit.«

Der Teufel stieß einen verächtlichen Laut aus.

»Dieses ganze schwächliche Gerede von Liebe und Romantik, ich kann es nicht mehr hören! Was findet ihr Menschen nur daran?«

»Das wirst du niemals verstehen«, murmelte Jack.

»Na, gut«, machte der Teufel. »Dann sieh doch, ob deine Liebe dich zu deiner Koma führt. Du bleibst ein Gefangener dieser Welt, ob es dir gefällt oder nicht, Jack!«

Mitten im Sand tauchte auf einmal eine Tür auf, unscheinbar, wie eine beliebige Zimmertür.

»Geh hindurch, Jack, und sieh, wie weit dich deine Liebe bringt, und wenn die Verzweiflung sich deiner ganz und gar bemächtigt hat, dann rufe meine Namen, und ich werde da sein. Ich werde mit Freude deine Seele verschlingen und dich von aller Qual befreien!«

Rauch drang aus den Ritzen der Tür. Jack schluckte. Dann stapfte er wortlos auf die Tür zu und riss sie auf. Flammen schlugen ihm entgegen, das Hämmern von Maschinengewehren und dumpfer Kanonendonner hüllten ihn ein. Die Tür führte mitten in ein Kriegsgebiet.

»Du bist verloren, Jack«, schrie Monzius und lachte grausam. Jack warf ihm einen letzten Blick zu, dann stürzte er sich durch die Tür in das Kriegsgebiet dahinter.

VII
Der Weg führt nach innen

Er sprang mitten in ein blutiges Chaos und sah sein kleines Licht strahlend blau über sich fliegen. »Ein Wunder!« In diesem Moment hatte er das Gefühl, eine richtige Entscheidung getroffen zu haben und dadurch neue Kraft zu bekommen.

Maschinengewehrfeuer zerriss die Luft, dazwischen erstickte Schreie von Sterbenden und in einiger Entfernung der grollende Donner von Kanonen. Die ganze Szene war in Nebel gehüllt, nur schemenhaft konnte er uniformierte Männer mit Helmen erkennen. Einige führten Schwerter, andere hielten Gewehre in der Hand. Es war unmöglich, zu erkennen, wer hier gegen wen kämpfte; es schien ein Krieg jeder gegen jeden zu sein.

Jack duckte sich, kauerte sich hinter einem Felsvorsprung zusammen und hielt sich die Ohren zu. Der Lärm war ohrenbetäubend. Sein Herz hämmerte. Dicht neben ihm explodierte etwas, die Druckwelle riss ihn von den Füßen. Benommen blieb Jack liegen.

Seine Ohren dröhnten, als er auf einmal in ein vertrautes Gesicht aus Metall und blinkenden Lämpchen schaute.

»Der Roboter?«, stieß Jack hervor.

»Ich bin dir gefolgt«, sagte der Roboter. »Ich habe aus Prinzessin Komas Kleidern einen Ballon gebaut. Ich bin in die Wolken geflogen, dann stürzte ich ab und landete hier. Es hat lange gedauert, aber ich schlafe auch nie, um zu reisen.«

Ihre Unterhaltung wurde jäh von Gewehrfeuer unterbrochen.

»Wir müssen hier weg!«, brüllte Jack, packte den Roboter und zerrte ihn hinter sich her. Das Licht folgte ihnen.

Geduckt rannten sie über das Schlachtfeld, im Zickzack zwischen surrenden Gewehrkugeln und Granateinschlägen, über zerfetzte Körper hinweg und an ausgebrannten Panzern vorbei. Es kam Jack vor wie ein Wunder, dass sie nicht getroffen wurden; endlich erreichten sie einen dunklen Wald voll knorriger alter Bäume.

Das Dach aus Baumkronen war so dicht, dass kaum Licht hereinfiel, nur vereinzelt tauchten helle Flecken auf, die das Zwielicht bildete.

Jack riss die Augen auf, um besser sehen zu können, aber er stolperte immer wieder über die Wurzeln, die über den Weg wucherten. Das Unterholz bestand aus hüfthohen Farngewächsen, die Jack etwas zuzuflüstern schienen. Der Roboter folgte ihm, rollte über Wurzeln und Schlaglöcher hinweg.

Jack beschlich das ungute Gefühl, aus dem Dickicht heraus von unzähligen Augen beobachtet zu werden, doch immerhin wurde der Schlachtenlärm allmählich leiser und verklang schließlich ganz.

An seine Stelle traten die unheimlichen Geräusche des Waldes, das Knarren von Bäumen, das wie das Lachen einer verrückten Hexe klang, das »Schuhu« von missgelaunten Waldkäuzchen, das Rauschen der Blätter, wenn ein Lufthauch sie durchfuhr.

»Was ist das für ein Ort?«, fragte Jack und wusste bereits, dass er auf seine Frage keine Antwort erhalten würde.

»Was weißt du über diese Welt?«, fragte er den Roboter. »Ich meine, nicht nur diese Welt, sondern alle, die Wüste, das Schloss, dieser Wald. Es muss doch irgendeine Verbindung geben, eine Ursache, eine Erklärung für das alles.«

»Keine Ursache, keine Erklärung«, antwortete der Roboter blechern und blinkte dabei fröhlich mit seinen Lämpchen.

»Das ist unmöglich«, murmelte Jack ratlos, während das kleine Licht über ihm durchgehend Blau geblieben ist. »Es muss eine Verbindung geben! Irgendjemand oder irgendetwas muss sich das alles ausgedacht haben und mich und Koma als Geiseln halten.«

Er dachte an Monzius, das geflügelte Ungetüm, diese Personifikation des Bösen, und er fühlte neue Wut in sich aufsteigen.

»Ich werde ihn vernichten, wenn er Koma etwas antut«, stieß er hervor.

»Koma«, wiederholte der Roboter.

Kam es Jack nur so vor, oder waren zwischen dem Heulen des Windes Stimmen zu hören, geisterhaft und körperlos? Was versuchten sie ihm zu sagen?

»Jack«, hörte er jemand seinen Namen rufen. »Jack …«

»Wer ist da?«, schrie Jack. »Was wollt ihr von mir?«

»Wir sind die Namenlosen«, wisperte eine Stimme. »Jene, die alles gesehen und nichts vergessen haben.«

»Du bist der Auserwählte«, zischelte eine andere Stimme aus dem Nebel. »Wir alle warten auf dich, Jack Dreams. Sie alle warten auf dich!«

»Seid still!«, schrie Jack, dem das Wispern und Tuscheln der Stimmen unheimlich war. Sofort verstummten sie, und eine furchteinflößende Stille erfüllte den Wald.

Jack, der Roboter und das blaue Licht bewegten sich weiter, immer tiefer und tiefer in den dunklen Wald hinein. Längst hatte Jack jede Orientierung verloren, auch die Zeit schien hier langsamer zu vergehen. War es Mittag? Oder schon Abend? Wann würde er wieder einschlafen, nur um am nächsten Ort wieder zu erwachen.

»Es gibt Türen«, murmelte Jack plötzlich. »Es gibt Türen! Aber natürlich, so hast du mich gefunden!«

Der Roboter leuchtete aufgeregt.

»Du sagtest, du hast einen Ballon gebaut und bist in den Himmel geflogen und dann warst du auf dem Schlachtfeld, hier in dieser Welt.«

Jack raufte sich die Haare. »Wenn ich doch nur wüsste, ob es sich um ein und dieselbe Welt handelt, ob man also nur den Ort innerhalb dieser Welt wechselt, wenn man einschläft, oder ob es viele, unendlich viele Welten sind, durch die man reist, sobald man einschläft.«

»Beides«, piepste der Roboter heiter.

»Beides? Was redest du denn da? Das geht nicht, es kann nur entweder oder …«

»… Dualität ist eine Illusion«, kommentierte der Roboter unbeeindruckt.

»Was?«

»Dualität ist eine Illusion. Alles ist eins und ist doch nicht und existiert am Ende nur in deinem Kopf.«

»Ist einer deiner Schaltkreise kaputtgegangen?«, fragte Jack. In ihm regte sich Ärger darüber, dass es ihm nicht gelang, das Rätsel dieser Welt der Träume zu entschlüsseln.

»Es sind doch Träume, oder? Aber schlafe ich jetzt oder wache ich? Warum kann ich das eine vom anderen nicht mehr unterscheiden?«

»Dualität ist eine Illusion«, wiederholte der Roboter.

»Ja, ja, ich habe es verstanden. Und doch ergibt es keinen Sinn.«

»Sinn ist, was du dazu machst.« Die Stimme des Roboters klang abgehackt, falsch intoniert, als könnte er die Worte, die er benutzte, nicht mit Bedeutung füllen.

»Aha«, brummte Jack. »Und was soll das nun wieder heißen? Was bist du? So eine Art Philosoph in einer Blechschale?«

»Aluminium«, sagte der Roboter. »Ich bestehe aus Aluminium. Und aus …«

»Sieh mal, dort vorne lichtet sich der Wald!«, unterbrach ihn Jack und lief unwillkürlich schneller. Tatsächlich fiel eine Lichtsäule durch das Blätterdickicht auf den Boden. In ihr tanzten wirbelnd Insekten und feinste Staubkörner.

Jack stellte sich mitten in das Licht, spürte seine Wärme auf den Wangen und schloss die Augen.

»Wir müssen weiter«, sagte der Roboter.

»Ja, ja, gleich, nur noch einen Moment«, erwiderte Jack, der den Augenblick voll und ganz genoss. »Ich habe mich schon gefragt, ob diese Welt oder was auch immer das hier ist, nur als Albträumen besteht, doch dann gäbe es dieses Licht nicht.«

»Licht entsteht aus Schatten«, sagte der Roboter und rollte an ihm vorbei.

Jack seufzte tief und folgte ihm widerwillig.

Sie gingen weiter und weiter, liefen den verschlungenen Pfaden des geisterhaften Waldes nach, bis dieser schließlich lichter wurde und endlich den Weg freigab auf ein Feld.

Ein eigentümliches Dämmerlicht lag auf den Hügeln hinter dem Feld, der Himmel war wolkenverhangen. Ein einzelnes Licht flackerte in einiger Entfernung.

»Dort oben steht ein Haus oder so etwas«, sagte Jack. »Vielleicht finden wir darin eine freundliche Seele.«

»Oder du deinen Mörder«, sagte der Roboter und rollte voraus.

»Hat dir schon einmal jemand gesagt, dass deine Äußerungen äußerst merkwürdig und befremdlich sind? Du hast nicht viele Freunde, oder?«

Der Roboter antwortete, ohne sich umzudrehen: »Wie viele Freunde hast du, Jack Dreams?«

Sie näherten sich einem niedrigen Haus mit tief gezogenem Dach; davor stand ein Brunnen, und in den Stallungen konnte Jack die Geräusche von Tieren hören.

Drei Katzen saßen auf der Bank vor dem Haus und sahen sie aus gelben Augen an.

»Wer kommt da des Wegs?«, fragte die erste Katze.

»Es ist Jack Dreams, der zu uns kommt«, antwortete die zweite.

»Er sieht uns nicht, er geht vorbei«, miaute die dritte.

»Ich sehe euch«, sagte Jack. »Wem gehört dieses Haus?«

»Geh nur hinein und finde es heraus. Wir versprechen, du verlässt es reicher, als du es betreten hast«, sagte die erste Katze mit schmeichlerischer Stimme.

»Na gut«, sagte Jack. »Dann will ich es wagen.«

Er streckte die Hand nach der Tür aus, klopfte und drückte die Klinke nach unten. »Viel Spaß, Jack«, wünschte die erste Katze. Beim Eintreten musste Jack den Kopf einziehen, so niedrig war die Tür. Der Roboter und das blaue Licht folgten ihm ins Innere des Hauses, wo sie die wohlige Wärme eines offenen Kaminfeuers empfing. Der würzige Duft von Gemüse und Fleisch lag in der Luft. In einem Sessel saß ein alter Mann mit einem Bart, so lang, dass er bis zum Boden reichte. Vor ihm, auf dem Tisch, auf dem Boden und auf jeder freien Fläche in dem Raum, lagen Uhren, Traumfänger und Schmuck herum.

»Oh, Jack Dreams! Ich habe dich erwartet! Tritt ein, sei mein Gast!«, rief der Alte. In seinem rechten Auge klemmte ein Monokel, durch das er Jack aufmerksam betrachtete.

»Es ist schon lange her, dass mich jemand besuchen kam.«

»Wer bist du?«, wollte Jack wissen.

»Ich bin der Uhrmacher. Ich mache, dass die Zeit vergeht. Den nur die Zeit wird uns alle mal töten.«

»Kannst du mir helfen, meine Prinzessin zu finden?«

Der Alte grinste listig.

»Nein, das kann ich nicht, doch ich kann dir dein Schicksal offenbaren, so, wie es geschrieben steht seit ewiger Zeit, unveränderlich.«

»Zeig es mir!«, verlangte Jack, ohne lange über die Worte des Uhrmachers nachzudenken.

Der Alte kicherte, dann betätigte er den Griff eines Filmprojektors, der neben ihm auf einem Tischchen stand. Ein flackerndes Bild wurde an die Wand geworfen, Farben, Formen, einige abstrakt, einige Jack auf seltsame Weise vertraut.

Dann sah er sich, als Kind, als Jungen. Es war seltsam, denn er erkannte sich und konnte sich doch nicht an die Situationen erinnern, die ihm der alte Mann da zeigte. Was, wenn er ihn nur in die Irre führte? Immerhin wusste er inzwischen, dass hier nichts so war, wie es auf den ersten Blick schien.

Der alte Mann drehte weiter, und nun erblickte Jack eine alte, bucklige Frau mit schrecklichen Augen, die ihre dürren Hände nach ihm ausstreckte.

»Wer ist das?«

»Du hast sie bestohlen«, antwortete der Mann.

»Bestohlen? Ich habe niemanden …«

»Das Lichtlein, das bei dir ist: Es gehörte ihr. Sie sucht danach und sie wird dich finden. So steht es geschrieben. Deine Träume werden verblassen, ebenso wie deine Erinnerung an Koma. Zur Strafe wird dich die Hexe in einen buckligen Jungen verwandeln, und du wirst einsam und verwirrt in einem blauen Zelt leben, ohne Träume, ohne Hoffnung.« Die Stimme des Mannes klang beinahe vergnügt, während er diese unheilschwangeren Worte sprach.

»Nein!«, schrie Jack. »Das kann nicht sein! Das kann nicht mein Schicksal sein! Koma ist mein Schicksal, das weiß ich genau. Sie muss ich finden.«

»Nein, Jack, sein Schicksal kann man nicht ändern«, erwiderte der Mann.

Jack schwieg. Er konnte fühlen, wie Müdigkeit in ihm aufstieg, und er fürchtete sich davor. Er hatte das unbestimmte Gefühl, der Wahrheit und damit Koma ein Stück näher gekommen zu sein, auch wenn er nicht genau festmachen konnte, woher er dieses Wissen nahm.

»Kannst du meinen Roboter reparieren?«, fragte er den alten Mann. Dieser nickte und lächelte. Der Roboter rollte zu ihm heran. Da nahm der Alte einen Hammer und schlug dreimal auf verschiedene Stellen des Roboter-Gehäuses.

»Was tust du da?«, schrie Jack.

»Alte Technik«, gab der Mann zurück, und der Roboter rollte nun, ohne zu ruckeln, direkt auf Jack zu.

»Ich bin wieder ganz«, jubelte er.

Jack verdrehte die Augen. »Alles wird immer verrückter. Ich werde meinen Verstand verlieren, bis ich Koma wiederfinde, ein sabbernder Irrer!«, murmelte er.

»Du hast es fast geschafft, Jack«, sagte da der alte Mann zu seiner Verwunderung. »Dort vorne, hinter dem nächsten Hügel, findest du eine Leiter. Sie führt in den Himmel oder was auch immer da herumschwirrt. Folge ihr und vielleicht kommst du der Lösung näher.«

Verwirrt sah Jack ihn an, dann packte er den Roboter, und das Licht flog freudig flackernd voraus, den Hügel hinab, auf das Feld, auf den nächsten Hügel zu.

Wie von dem Alten angekündigt, fand er dort tatsächlich eine Leiter, die steil in die Höhe führte. Jack nahm den Roboter auf seine Schultern und machte sich an den Aufstieg.

Er kletterte, immer höher und höher, das Licht ihm voraus.

Bald schon wurde seine Müdigkeit stärker, er fühlte Erschöpfung in Armen und Beinen.

»Wie weit reicht diese Treppe denn noch?«, rief er. Da sah

er plötzlich, dass sich einige hundert Meter über ihm eine Art Plattform befand. Rasch kletterte Jack die letzten Stufen nach oben und zog sich mit letzter Kraft über den Rand der Plattform.

Keuchend blieb er einige Sekunden liegen und hoffte, dass die Muskeln in seinen Armen und Beinen zu schmerzen aufhörten.

»Die Welt ist ein verwirrender Ort«, war eine Stimme aus den Wolken zu hören, in die alles rund um die Treppe und die Plattform eingehüllt war.

»Ich hoffe, du hattest eine angenehme Reise«, sagte Hype. »Jetzt hast du mich gefunden.«

»Du? Schon wieder?«, fragte Jack geschockt und leicht enttäuscht, während er noch im Liegen wieder zu Kräften kam.

»Ja!«

»Dann weißt du auch bestimmt, dass ich immer noch die Prinzessin suche und aus dieser Welt heraus will, verstehst du, Hype?«, gab Jack zurück und gähnte. »Ich habe genug von diesen verwirrenden Dingen, und was helfen angeht, bist du auch nicht der Hellste.« Jack rappelte sich trotz mehrerer Rückschläge wieder in die Höhe.

»Dinge können nicht verwirrt sein. Nur deine Gedanken.«

»Ich will hier weg«, bekannte Jack. »Ich ertrage es nicht mehr, all das Schreckliche, Angsteinflößende, die Zerrbilder, die Sinnlosigkeit.«

»Heißt das, du gibst auf?« Hypes Stimme schien von überall her zu kommen, auch wenn das nicht möglich war.

Jack schloss die Augen.

»Aufgeben?«, murmelte er. »Nein, das würde ja bedeuten, dass ich Koma aufgebe.« Er riss die Augen wieder auf.

»Sie ist es, was ich will, Hype. Hilf mir, sie zu finden!«

»Du verstehst es noch immer nicht«, sagte Hype. »Wer das eine will, muss das andere lieben.«

»Was?« Jack kam dieser Satz seltsam vertraut vor. »Was bedeutet das?«

»Du erträgst diese Welt nicht mehr, dabei bist du es, der diese Welt gestaltet. Hast du das noch immer nicht begriffen, Jack? Alles, was du siehst, alles, was du erlebst, ist ein Teil von dir, stammt aus und von dir.«

»Von mir? Du willst sagen, ich habe mir diese Albträume ausgedacht? Niemals!«

»Nur wer auch seine Schatten kennt, kann dem Licht entgegenstreben«, entgegnete Hype.

Jack seufzte. »Du machst es echt nicht besser, Hype.«

»Ja, das ist ja auch deine Aufgabe, Jack«, sagte Hype.

»Was?«

»Es besser zu machen! Die Welt ist voller Schleier.«

»Schleier?«

»Schleier der Täuschung. Illusionen, Jack.«

Jack rollte mit den Augen.

»Jetzt fängst du auch noch damit an«, stöhnte er. Mühsam richtete er sich auf.

»Warum checkt ihr das alle nicht? Alles, was ich will, ist Koma. Alles in mir ist erfüllt von der Sehnsucht nach ihr und dem Wunsch, sie wieder in meinen Armen zu halten. Unsere gemeinsame Zeit war viel zu kurz.«

»Zeit ist eine Illusion«, sagte der Roboter.

»Sei still«, verlangte Jack. »Sag mir, wie ich Koma finden und sie befreien kann. Es muss doch einen Weg geben!«

»Den gibt es, Jack, doch er führt nach innen. *In medias res*, mitten hinein.«

»Wohin?

»In dich, dein Inneres.«

»Mein Inneres? Du meinst meinen Bauch, meine Venen, meine Knochen?«

»Nein, Jack. In dein wahres Inneres. In dein Wesen. Wenn du nach innen gehst, wirst du das außen verstehen.«

»Das ergibt keinen Sinn«, murmelte Jack mit wachsender Verzweiflung. »Ich werde den Weg aus diesem Labyrinth aus Spuk und Träumen niemals finden, ich werde die Prinzessin nicht retten können, und das ist alles deine Schuld!« Die letzten Worte hatte er geschrien, angefeuert von der Macht der Gefühle, die in ihm tobten.

»Schuld ist eine Illusion«, piepste der Roboter.

Jack presste die Hände an seine Schläfen und begann zu schreien; es war ein lauter, lang gezogener Schrei der Verzweiflung. Er schrie, bis ihm die Stimme versagte und er nur noch krächzende Laute hervorbrachte. Dann sank er zu Boden, krümmte sich zusammen wie ein Kind und begann zu weinen. Sein ganzer Körper wurde von Schluchzen erfasst und geschüttelt. Er zuckte und wandte sich, bis er keine Tränen mehr hatte und seine Augen wund vom Weinen waren.

»Es soll aufhören«, flehte er. »Bitte, mach, dass es aufhört!«

»Diese Macht hast nur du, Jack. Du allein.«

»In mir tobt ein Sturm«, gab Jack zurück. »Er tost und heult und wird immer lauter, wie der Tanz wilder Dämonen, entfesselt, aus der Hölle ausgesandt, um mich in den Abgrund zu stürzen.«

»Wir stürzen, damit wir uns daran erinnern, dass wir fliegen können«, sagte Hype.

»Das ergibt keinen Sinn!«, protestierte Jack schwach. Er fühlte sich müde, unendlich müde, lebensmüde.

»Alles ergibt einen Sinn, wenn du aufhörst, nach dem Sinn zu suchen.«

Jack schluckte. Mit den Fäusten rieb er sich über die brennenden Augen, dann setzte er sich langsam auf.

»Wenn ich einschlafe, dann wache ich an einem anderen Ort auf, einem Ort, wo ich dich nicht mehr finden kann. Ich will nicht schlafen.«

»Dann wach auf, Jack! Erkenne, dass alles ein Traum ist, solange du es so willst.«

»Nichts ist, wie es scheint«, flüsterte Jack, noch immer blind vor Tränen.

»Alles ist, wie du es willst«, sagte Hype. »Steh auf!«

Jack gehorchte ihm, widerwillig. Alles, was er wollte, war hier liegen zu bleiben und sich der Verzweiflung zu ergeben, die in ihm tobte.

»Du kannst sein, wer immer du willst, Jack, wenn du nur erkennst, dass du alles bist.«

»Warum tust du das? Warum quälst du mich so sehr?«, schrie Jack in die Wolken, aus denen Hypes verzerrte Stimme erklang.

»Du tust es.«

»Was soll ich tun?«

»Spring!«

»Was?«

»Spring!«

Jack trat langsam näher an den Abgrund heran. Unter ihm befand sich nur das weiße Nichts der Wolkendecke. Ihm schwindelte beim Hinuntersehen.

»Aber wenn ich springe, bin ich hier weg.« Er war sich nicht sicher, ob er sterben konnte, ob er überhaupt sterblich war, hier, in dieser Welt jenseits der Naturgesetze, doch er wollte es lieber nicht darauf ankommen lassen.

»Wenn du springst, bist du am Leben.«

»Was bleibt mir?«, fragte Jack. »Ich kann Koma nicht finden, ich kann diese Welt nicht durchdringen, also kann ich ebenso gut springen.«

Er straffte sich, trat einige Schritte zurück, nahm Anlauf und sprintete auf den Abgrund zu. Mit beiden Füßen stieß er sich ab und breitete die Arme aus. Für einige Augenblicke fühlte es sich tatsächlich an wie fliegen. Dann aber spürte er, wie ihn sein Gewicht nach unten zog und er durch die Wolkendecke hindurch auf den Boden zuraste. Das Licht folgte Jack nicht mehr, sondern blieb bei Hype.

Der Roboter stand an der Kante und drehte sich einige Male um die eigene Achse. Hinter ihm in den Wolken wurden Schemen sichtbar, schließlich trat der Hype hervor und blickte nach unten.

»Ob er fliegt oder fällt?«, fragte Hype.

»Das weiß nur er«, antwortete der Roboter, und der Mann mit dem Helm legte ihm eine Hand auf die metallene Schulter.

Alles um Jack war in Nebel gehüllt. Er konnte sich an seinen Sturz nur undeutlich erinnern, der Aufprall war gänzlich aus seinem Gedächtnis gelöscht. Er vermochte nicht zu sagen, ob er bewusstlos gewesen war und wenn ja, wie lange, oder ob ihn der Schlaf übermannt hatte.

Ihm war schwindelig, und hinter seiner Stirn pochte es leicht, doch ansonsten war er unverletzt.

»Bin ich geflogen oder gefallen?«, fragte er und blickte auf seine Hände. »Wieso kann ich mich nicht erinnern? Oder war das Ganze nur eine Erfahrung, eine Lektion …«

Langsam setzte er sich auf und sah sich um. Er lag in nebelfeuchtem Gras. Gedämpft durch den Nebel drangen Stimmen zu ihm. Sein Herz schlug schneller als er eine von ihnen erkannte.

»Koma!«, schrie er, während er aufsprang und auf die Stimme zulief.

»Jack«, rief Koma, und dann sah er sie. Sie stand festgebunden an einen Baum, dessen Äste wie Knochen in den unheilvollen Himmel ragten.

Jack stürzte auf sie zu und schloss sie in die Arme; seine Lippen suchten ihre, fanden sie und verschmolzen mit ihnen zu einem einzigen sehnsuchtsvollen Kuss.

»Hach, die Liebe, mich rührt sie immer zu Tränen«, riss sie eine Stimme auseinander. Jack fuhr herum, während Koma ihren Kopf an seiner Brust verbarg.

Vor ihm stand Monzius, das geflügelte Ungeheuer, hässlich und nach Schwefel stinkend wie ein ganzer Abfallberg.

»Jetzt bist du hier, Jack. Du hast dich entschieden, für deine Liebe in die Hölle hinabzusteigen, doch wusstest du, wie hoch der Preis sein würde?«

Jack presste Koma an sich. Um nichts in der Welt würde er sie je wieder loslassen.

»Du hast keine Macht über uns«, schrie er dem Monster entgegen und reckte entschlossen sein Kinn in die Höhe.

»Bist du dir da sicher, Jack Dreams? Du bist hier in meiner Welt, sie wurde von mir geschaffen, und deshalb gelten hier auch meine Regeln. Gefällt es dir?«

Jack sah sich um. Der Boden war hart und steinig, die Bäume waren verdorrt, der Himmel leuchtete in Rot und Grau. Die Luft schmeckte nach Säure, über allem lag ein widerlicher Gestank, und hin und wieder waren Schreie aus der Ferne zu hören, die von einer namenlosen Qual kündeten.

»Dieser Ort ist nicht real«, sagte er.

Der Teufel lachte. »Und doch bist du hier.«

»Lass uns gehen!«, sagte Jack.

»Aber ja doch, niemand hält dich hier, Jack, schon vergessen? Du bist freiwillig hier.«

Jack sah sich um, griff einen Ast und begann, damit auf Komas Ketten einzuschlagen.

»Ich werde dich befreien«, rief er ihr zu. Ihr Gesicht war nass von Tränen. Mit großen Augen sah sie ihn an. Sie zitterte, und ihr wunderschönes Kleid hing in Fetzen an ihr. Endlich gelang es Jack, ihre Ketten zu sprengen, und sie fiel ihm in die Arme.

Er packte sie und hielt sie fest.

»Wir müssen hier weg«, sagte er und begann, sie hinter sich her zu ziehen, ihre Hand fest in seiner.

Plötzlich fing die Erde unter ihnen zu beben an, Risse zeigten sich im Boden, die rasch größer wurden. Flammen loderten hervor. Nur ein schmaler Steg direkt vor Jack und Koma führte von dem Knochenbaum weg.

»Lass auf keinen Fall meine Hand los, okay?«, sagte Jack zu Koma, und die Prinzessin nickte.

»Ich bringe dich hier weg. Er kann uns nichts tun!«

Koma nickte tapfer, doch er sah in ihren Augen, wie groß ihre Angst war. Der Wunsch, sie zu beschützen, war übermächtig. Jack verspürte keine Furcht. Etwas in ihm verlieh ihm unsichtbare Kräfte. Er fühlte sich unbesiegbar.

Monzius war irgendwo im Rauch verschwunden, dafür tauchte eine andere Gestalt dicht vor ihnen auf. Die Gestalt trug einen Umhang, die schwarze Kapuze tief ins Gesicht gezogen, nur zwei glutrote Augen waren zu sehen. Sie sprang auf Jack zu, der sie mit erhobenem Arm abwehrte. Ohne einen Laut stürzte der unheimliche Mönch in die Tiefe der lodernden Flammen und verschwand, doch sogleich trat ein neuer an seiner Stelle, ein zweiter, ein dritter und schließlich ein ganzes Dutzend.

Jack sah sich einer Übermacht gegenüber, gegen die er unmöglich bestehen konnte. Für einen Moment schloss er die Augen. Sie hatten verloren, man hatte sie besiegt. Alles war umsonst gewesen. Am liebsten hätte er geschrien, doch dazu blieb keine Zeit, denn schon rannten die ersten Mönche auf ihn zu, die rot glühenden Augen auf ihn gerichtet.

Genau in diesem Moment schoss ein grell leuchtender Lichtball an ihm vorbei, direkt auf die Mönche zu. Ohne langsamer zu werden, riss er zwei von ihnen von den Füßen, drehte und raste auf die anderen zu.

»Das Licht!«, rief Jack.

Wie ein scharfes Schwert wütete das Licht unter den finsteren Höllenbrüdern, bis nur noch einer von ihnen übrig war. Dieser begann zu rennen, direkt auf Koma und Jack zu.

»Vertraust du mir?«, fragte Jack, und Koma nickte unsicher. Jack hielt ihre Hand fester. Der Mönch kam näher, bald war er nur noch wenige Schritte entfernt.

»Spring!«, schrie Jack, und sie sprangen im gleichen Moment in die Höhe, viel höher, als ein Mensch normalerweise sprang, sodass der Mönch unter ihnen durchrannte. Er hielt inne, und im nächsten Moment rammte ihm Jack seinen Fuß mit voller Wucht in das Gesicht. Der Mönch schwankte und stürzte schließlich rückwärts in die flammende Tiefe.

Die Flammen aus der Erde wurden kleiner und verschwanden, die Risse schlossen sich. Im nächsten Moment war Monzius wieder zu sehen.

»Sieh an, sieh an! Da steckt wohl doch ein kleiner Teufel in dir, Jack. Wer hätte das gedacht? Du und ich, wir sind uns ähnlich.«

»Wir haben nichts gemeinsam«, entgegnete Jack finster. »Du bist durch und durch schlecht, angetrieben von dem Wunsch, zu zerstören, zu vernichten. Du existierst nur, um Böses zu tun.«

Monzius brach in dröhnendes Gelächter aus.

»So, wie du das sagst, klingt es beinahe wie etwas Schlechtes, Jack. Doch hast du dir mal überlegt, dass aller Wandel, alle Bewegung, ja, jeder Atemzug, nur entsteht, weil es das Böse gibt, das einen Widerspruch erschafft? Alles würde stillstehen, sogar das Herz in deiner Brust, wenn es nicht den Gegensatz von Bewegung und Stillstand gäbe. Sie sind zwei Seiten derselben Sache. Ohne Schatten gibt es kein Licht, ohne Hass keine Liebe. Alles muss im Gleichgewicht bleiben, damit es werden kann.«

»Hältst du dich wirklich für einen Hüter des Gleichgewichts?«, fragte Jack. Koma klammerte sich an seinen Rücken. Er konnte spüren, dass sie vor Angst zitterte. »Du bist nichts mehr als ein ziemlich gewöhnlicher Bösewicht. Langweilig noch dazu! Mönche mit glutroten Augen? Ernsthaft? Fällt dir nichts Besseres ein?«

Monzius grunzte. Für einen Moment wirkte es, als träfe ihn Jacks Antwort unvorbereitet, doch dann fand er sofort wieder zu seiner alten Selbstgefälligkeit zurück.

»Ich kann sehen, wie dein Herz in deiner Brust hämmert. Du bist von Angst erfüllt, Jack Dreams!«

Jack schwieg einen Moment.

»Mag sein, dass ich von Angst erfüllt bin. Aber wenigstens bin ich am Leben.«

Monzius erstarrte. Sein Gesicht verzerrte sich, wurde noch fratzenhafter. Koma stieß einen halblauten Schrei aus, als sie diese Verwandlung beobachtete.

Die Klauen des Teufels wanderten hinauf zu seinem Schädel, und er begann, sich das Gesicht vom Kopf zu reißen, als sei es nur eine Maske aus Latex. Jack schüttelte es bei dem Anblick, doch als er sah, wer darunter zum Vorschein kam, griff eine eisige Hand nach seinem Herz.

Es war Louis. Jack blickte mitten in seine vor Hass lodernden Augen.

»Du kannst mir nicht entkommen, Jack Dreams«, sagte Louis, nun mit seiner eigenen Stimme. »Koma gehört mir, mir allein, und niemand wird sie mir wegnehmen.«

»Niemals!«, schrie Koma.

»Schöne, einzigartige, betörende Koma. Du raubst Männern den Schlaf. In alter Zeit hätte man wohl Kriege wegen dir geführt, heute müssen Albträume reichen.«

»Sie liebt dich nicht. Du kannst sie nicht dazu zwingen, dich zu lieben«, sagte Jack ruhig.

»Liebe wird überschätzt«, gab Louis zurück. Seine Augen funkelten gierig.

Seit Jack Koma in seiner Nähe wusste, waren seine Verzweiflung und seine Zweifel verschwunden. Nichts spielte mehr eine Rolle, jetzt, wo sie wieder zusammen waren. Nichts und niemand konnte sie aufhalten oder hatte die Macht, sie erneut zu trennen, ganz gleich, was geschah.

»Das sagt nur jemand, der nicht weiß, was Liebe ist«, sagte Jack leise. »Liebe ist alles.«

Louis schwieg für einen Moment. Sein Kopf ruckte, so als bereiteten ihm seine eigenen Gedanken Schmerzen.

»Genug geredet«, sagte er und hob die Arme. Im gleichen Moment begann die Erde erneut zu beben, Risse traten wieder auf, nur floss diesmal glühende Lava in ihnen, aus der Jack hin und wieder so etwas wie Gerippe und Knochen auftauchen sah.

»Jack!«, schrie Koma und klammerte sich an ihn.

Jack hielt ihre Hand und küsste sie. Dann wandte er sich um und ging direkt auf Louis zu.

Mit jedem Schritt schwand seine Angst, wurde weniger, war schließlich ganz verschwunden.

Um Louis begann eine seltsame, körperlose Dunkelheit zu wabern, eine Art Energiestrom, der sich so sehr verdichtete, dass er sichtbar wurde, dunkle und abgrundtief böse Energie.

Jack straffte sich und ballte die Fäuste, konzentrierte sich nur auf das Gefühl in seinem Inneren, das starke, unverwechselbare Gefühl der wahren Liebe, und er konnte spüren, wie es um ihn herum heller wurde. Das Licht strahlte aus ihm heraus und umgab ihn wie einen hellen Schutzpanzer.

Louis blieb stehen, die schwarze Wolke um ihn wirbelte immer heftiger, verdichtete sich, bis sie ihn ganz verdeckte, und schoss schließlich auf Jack zu.

Jack rührte sich nicht. Er blieb stehen, hob die Arme nicht, sondern ließ sie an seinen Seiten hängen, und schloss die Augen.

Die schwarze Energie traf auf ihn, doch sie prallte ab an dem Licht, das ihn umgab, wurde zurückgeschleudert, ohne Schaden anzurichten.

Jack wankte nicht, auch nicht als Louis den nächsten Angriff auf ihn startete; er blinzelte nicht, und sein Gesicht war vollkommen friedlich.

»Mir kann nichts geschehen, weil sie bei mir ist«, flüsterte Jack unhörbar. Wie ein Mantra wiederholte er diese Worte immer wieder.

Louis stieß einen wütenden Schrei aus, als er erkannte, dass all seine Bemühungen vergeblich waren. Er krümmte sich erneut. Der schwarze Ball um ihn zog sich zusammen, pulsierte und schoss ein weiteres Mal mit ungeahnter Kraft auf Jack zu.

Diesmal spürte er den Aufprall; er machte einen winzigen Schritt nach hinten und blinzelte. Da sah Jack, wie der Energieball mit solcher Wucht von seinem Lichtschild zurückgeworfen wurde, dass er nun direkt auf Louis zuschoss. Dieser schrie, diesmal hoch und schrill. Im nächsten Moment traf ihn die Wolke, schleuderte ihn in die Luft und riss ihn mit sich in die Tiefe, dorthin, wo wabernd der flüssige Stein vorbeifloss. Die Lavamassen nahmen ihn auf, verschluckten ihn und trugen ihn fort – und mit ihm den Pesthauch des Teufels.

Unvermittelt brach der Himmel auf. Das klare, reine Licht der Sonne schien auf Jack und Koma herab, die sich in die Arme fielen.

»Du hast mich gerettet«, sagte Koma und küsste ihn mit hungrigen Lippen.

»Nein«, sagte Jack. »Du mich.«

Dann schloss er sie in die Arme, mit dem festen Willen, sie nie mehr gehen zu lassen.

Die Sonne aber schien auf die verwüstete Landschaft, und wo zuvor nur Stein und Dürre gewesen waren, brachen Blumen aus der Erde, ergossen sich sprudelnd Quellen frischen Wassers, sprossen Grashalme, Bäume und Büsche. Tiere bewegten sich zwischen ihnen, die sich verwundert umsahen, so als könnten sie nicht begreifen, wie sie hierhergekommen waren. Vögel zwitscherten, und die Luft war erfüllt von köstlichem Frühlingsduft.

Weit oben in der Höhe standen der Roboter und Hype und blickten hinab.

»Er ist gefallen«, bemerkte der Roboter. »Er hatte keine Flügel.«

»Nein«, antwortete Hype. »Er ist geflogen, mit den Flügeln seines Herzens.«

Epilog
Yin und Yang

»Warte!«

Jack blinzelte. Er war so vertieft in den Kuss mit Koma gewesen, dass er seine Umgebung ganz und gar vergessen hatte.

Louis stand vor ihm, Gesicht und Arme verkohlt, entsetzlich entstellt vom Feuer.

»Bitte«, flehte er und streckte seine Hände aus. Tränen schimmerten in seinen Augenwinkeln.

Jack runzelte die Stirn. »Was willst du?«

»Ich brauche dich, Jack, so wie du mich.«

»Ich brauche dich nicht. Nicht mehr.«

»Es gibt etwas, das du nicht weißt.«

»Was?«

Louis hustete krächzend. »Versprich mir, dass du bei mir bleibst.«

»Vergiss es!«, sagte Jack und wandte sich um, schloss Koma erneut in die Arme und bewunderte die Pracht der Blumen, die um sie herum wie aus dem Nichts gewachsen waren.

»Du bist mein Bruder«, sagte Louis.

Jack erstarrte, dann fuhr er herum. »Sag das noch einmal!«

»Du bist mein Bruder, Jack«, sagte Louis.

»Das ist unmöglich«, sagte Jack.

»Du willst es nicht wahrhaben, doch genauso ist es«, erwiderte Louis. »Du wirst dich entscheiden müssen, zwischen der Liebe und der Wahrheit.«

»Es gibt nichts zu entscheiden. Alles, was aus dir kommt, ist eine Lüge.«

»Jack«, lachte Louis hustend. »Du wirst dich niemals ändern, nicht wahr? Doch lass mich dir eine Geschichte erzählen. Sie handelt von zwei Brüdern, die unterschiedlicher nicht hätten sein können. Der eine ein Sonnenkind, vom Schicksal verwöhnt, mit Gaben und Talenten jedoch weniger ausgestattet. Der andere, voller Ideen, doch mit wenig Chancen. Zwei ungleiche Brüder, in einem Schicksal vereint.

Jack hieß der eine, Louis der andere Bruder. Ihr Schicksal war kein leichtes, deshalb mussten sie es zusammen tragen. Ihre Mutter war krank, im Kopf und an der Seele. Sie ertränkte ihre Träume im Alkohol, die Kinder blieben sich selbst überlassen.

Ihre Tage waren trostlos, voller Elend und Hoffnungslosigkeit. Oft war die Wohnung kalt, Strom gab es nicht, zu essen selten, dafür von der Mutter oft Schläge. Die Mutter selbst war eine geschundene Seele, die nichts als Leid und Gewalt kannte. Wann immer sie Liebe suchte, fand sie nur neuen Schmerz, den sie auf ihre Söhne übertrug. Keine Liebe war für die beiden da, kein Schutz, nichts, was eine zarte Seele zum Wachsen anregt. Doch sie waren füreinander da, so unterschiedlich sie auch sein mochten. Der eine liebte das Licht; je dunkler es um ihn wurde, umso heller strahlte es. Der andere lernte, die Dunkelheit zu beherrschen. Zusammen waren sie unbesiegbar.

Sie flüchteten sich in eine Welt, die sie gemeinsam erschufen. Louis und Jack wurden zu den Architekten einer Welt der Träume, in der alles möglich ist und sie die Helden sind, so wie in den Märchen und alten Geschichten.«

»Das ist eine Lüge«, stieß Jack hervor, doch er bemerkte, dass seine Hände zitterten. So sehr er Louis' Worte auch ablehnte, er konnte nicht leugnen, dass sie etwas in ihm auslösten: heftige Gefühle der Angst und Trauer, die ihm zugleich vertraut als auch unbekannt erschienen.

»Sie nannten diese Welt *Lost Dreams*, die Welt der verlorenen Träume, wo all das lebt, was die reale Welt nicht am Leben lassen will. Immer neue Orte erschufen sie, geboren aus dem unerschöpflichen Quell ihrer Fantasie.«

Louis wurde von einem Hustenanfall geschüttelt, er fiel vornüber und stützte sich auf seine bis zur Unkenntlichkeit verbrannten Hände.

»Doch dann kam sie und veränderte alles. Magisch angezogen war sie von deinem Licht, Jack, wie eine Motte von einer heißen Flamme. Es war unerträglich, euch zusammen zu sehen, euer vollkommenes Glück, die Kraft, die Reinheit eurer Liebe.

Ihr Name war Maria, ihre Schönheit war so groß, dass sie jeden sprachlos machte, der sie ansah. Und sie liebte dich, Jack. Jack, den Guten. Mich sah sie nicht, ich war ein Schatten für sie, gesichtslos, seelenlos. Sie beachtete mich nicht, also zwang ich sie dazu, mich zu beachten, zwang ihr die Kräfte des Bösen auf, das ich so viele Jahre in mich eingesogen hatte.

Erkennst du das Unrecht nicht? Du konntest nur so gut, so rein sein, weil ich all das Böse auf mich nahm, von dir fernhielt, bis es mich vereinnahmte, zu einem Teil von mir wurde. Ich sah die Verachtung in deinem Blick, die Geringschätzung, als ich eines Tages von meiner Liebe zu ihr sprach. Du dachtest nicht, dass sie sich für einen wie mich erwärmen könnte, und doch war es so, Jack. Sie liebte mich, wenn auch anders als dich, weniger rein, dafür umso verzweifelter, und wer nach wahrer Liebe dürstet, dem schmeckt Verzweiflung doppelt gut.«

»Du bist widerlich«, sagte Jack.

»Genauso hast du mich damals auch angesehen.«

»Sie liebt dich nicht.« Jack blickte zu Koma, die mit gesenktem Kopf neben ihm stand, das Gesicht abgewandt. Ihre Schultern bebten. Sie weinte.

»Es war eine List, Jack, wie sie nur der Teufel ersinnen konnte. Fasching war es, das alte Fest der Masken, an dem die Illusionen tanzen dürfen, als ich ihr einen ganz besonderen Trunk verabreichte, der sie zu Wachs in meinen Händen machte. Ich genoss den süßen Geschmack ihrer Liebe zu dir, als sie sich dieser Täuschung hingab, im Dämmerzustand mich für dich hielt und sich enthemmt dem Liebesakt hingab. Du hättest sie sehen sollen! Nie sah ich lieblicheres, nie schmeckte ich …«

»Sei still!«, brauste Jack auf, die Hand unbewusst als geballte Faust zum Schlag erhoben.

Louis kicherte.

»Ja, genauso wütend warst du auch, als du spätnachts nach Hause kamst und uns so vorfandest, ich auf ihr, sie verzückt im Sinnenrausch seufzend, erfüllt von meinem ganzen Begehren. Nie werde ich den Ausdruck in deinen Augen vergessen, wie du da in der Tür standest. Es hat so gut getan, als du endlich den Schatten nicht mehr entkommen konntest, als sie dich packten und zu sich hinabzerrten.«

Jack zitterte am ganzen Körper. Das Blut rauschte ihm in den Ohren, er hatte das Gefühl, zu bersten.

»Doch du hattest schon immer so eine Neigung zur Theatralik, wie es alle echten Feiglinge tun. Du stürmtest zur Tür hinaus, schwangst dich in deinen goldenen Delta 88 Royale 455. Es hatte geregnet, und in der Nacht gefror der Regen auf den Straßen zu einer spiegelglatten Oberfläche. Deine Bremsen versagten, du bist gegen einen Baum gefahren! Der Aufprall nahm dir das Bewusstsein und beförderte dich ins Koma, wo du seither liegst. Doch dein Verstand, dein Bewusstsein, sie flohen hierher, in die Zuflucht, die sie seit jeher kannten.«

»Das ergibt keinen Sinn«, flüsterte Jack. Er sah wieder zu Koma, die seinem Blick noch immer auswich.

»Ist das wahr?«, schrie er. Koma zuckte zusammen.

»Antworte mir! Ist das wahr?«

Koma brach in lautes Schluchzen aus.

»Jetzt war alles noch viel schlimmer. Du hättest sterben sollen in jener Nacht, oder besser noch: für immer verschwinden! Doch stattdessen warst du da, und alle bemitleideten dich, mit mir hingegen wollten sie nichts mehr zu tun haben. Mir gaben sie die Schuld an deinem Unglück.

Maria verschwieg, dass ich sie in die Irre geführt hatte, sie ertrug, wie sehr man sie für den Akt mit mir schasste und mit Geringschätzung bedachte. Sie tat Buße, saß Tag und Nacht an deinem Bett, wunderschön in ihrer Trauer. Es war, als sei die Liebe zwischen euch noch gewachsen.«

Louis schnaubte verächtlich.

»Du hast meine Träume manipuliert«, schrie Jack. »Du hast die Welt verändert, ohne dass ich wusste, dass alles nur eine Illusion ist.«

»Illusion ist, was wir dafür halten, das solltest selbst du inzwischen begriffen haben. Du warst noch nie von der hellsten Sorte.«

»Schweig!«, donnerte Jack. Er holte tief Luft, versuchte, sich zu beruhigen und das, was er gerade gehört hatte, zu sortieren, was einigermaßen schwierig war angesichts des tobenden Gefühlschaos in seinem Inneren.

Er wandte sich Koma zu, streckte die Hand nach ihr aus.

»Komm zu mir«, sagte er sanft. Koma hob zögernd den Blick, als könnte sie nicht glauben, was er sagte.

»Ich liebe dich. Nichts und niemand kann daran etwas ändern, nicht einmal der Tod«, flüsterte Jack und zog sie an sich.

»Ich liebe dich«, antwortete Koma und schmiegte sich an ihn. Jack schloss sie in die Arme, um sie nie mehr loszulassen. Auf einmal begann die Landschaft um sie herum zu verblassen, löste sich auf, erst an den Rändern, dann überall, bis sie schließlich in einem weißen, undurchdringlichen Nichts schwebten. Sie drehten sich, als würden sie tanzen, die Augen tief in die des anderen versunken, der Zeit und den Gesetzen der Schwerkraft enthoben.

Die Wolken veränderten sich, nahmen Formen an, verfärbten sich, und plötzlichen standen sie auf einer Wiese in einem Park. Zartrosa Morgenlicht färbte sanft den Himmel, ließ ihn erstrahlen wie die Wangen eines verliebten Mädchens. Das Gras unter ihren Füßen war noch feucht vom Tau, in den Baumkronen zwitscherten die Vögel ein verschlafenes Lied.

Jack wusste sofort, dass etwas anders war.

»Hier kann er uns nicht finden. Dieser Teil von *Lost Dreams* gehört mir, hier kann er nicht herkommen.«

Er hielt Komas Hand.

»Wie ist es dir gelungen, mich zu finden?«, fragte er. »Wie konntest du mir bis hierher folgen?«

»Du hast manchmal von *Lost Dreams* gesprochen, während du schliefst. Ich wusste einfach, dass ein Teil von dir den Weg hierher finden würde.«

»Aber wie bist du hierhergelangt?«

Komas Lider flatterten.

»Ich habe mich in ein Koma versetzen lassen.«

»Du hast was?«

»Ja, denn so können wir zusammen sein. Es war der einzige

Weg! Ich habe es nicht ertragen, ohne dich zu sein, nicht nachdem, was ich getan habe. Ich weiß, du kannst mir niemals verzeihen.«

Sie barg schluchzend das Gesicht in den Händen. Sanft berührte Jack ihre Hände, streichelte sie.

»Du hast nichts getan, das ich dir verzeihen müsste. Dein einziges Vergehen ist, mich ganz und gar zu lieben. Wie könnte ich dir das vorwerfen?«, sagte er.

Langsam ließ Koma ihre Hände sinken.

»Was sagst du?«

»Mein Bruder wird von der Dunkelheit angetrieben. Er ist ›Lost‹. Doch er wird uns nie wieder etwas antun, das verspreche ich dir.«

Koma fiel ihm um den Hals, küsste ihn, lachte unter Tränen. Jack erwiderte ihre Küsse, erfüllt vom Glück, sie bei sich zu haben.

»Ich habe dich so vermisst«, sagte er und strich ihr eine Haarsträhne aus der Stirn.

»Und ich dich erst«, antwortete sie.

Erst nach einer Weile lösten sie sich voneinander.

»Was sollen wir jetzt tun?«, fragte Jack.

Komas Gesicht wurde ernst.

»Wir müssen aufwachen.«

»Was?«

Komas Stimme schien auf einmal von weit her zu kommen.

»Ich kann dich nicht hören!«, rief Jack. Nebel wallte um ihn herum auf und nahm ihm die Sicht. Er schwebte in Weiß, konnte Koma nicht mehr sehen, und auch die Welt von *Lost Dreams* war verschwunden. Wo war er? Wo war Koma?

»Jack? Kannst du mich hören?« Ihre Stimme erklang von weit her, und nun hörte er auch ein seltsames Piepsen um sich herum. Sein Körper fühlte sich plötzlich so schwer an, er schwebte nicht mehr. Er lag auf etwas. Jacks Lider zuckten, und grelles weißes Licht flutete in seine Augen, als er sie langsam öffnete.

Das Letzte, was noch blieb, war das kleine blaue Licht.

Am Ende des letzten Tunnels kommt immer der Hype!

HYPE

<Die Gefängnistür schließt sich. In der Ecke sitzt der geheimnisvolle Mann mit dem Helm an seinem Schreibtisch, auf dem eine kleine $tehlampe für Licht sorgt und ein paar Bücher gestapelt sind. Er scheint an seiner allerletzten Seite zu arbeiten. Plötzlich hört er auf zu schreiben, legt den Stift zur Seite und richtet seine Aufmerksamkeit in die Leere. Der Mann mit dem Helm fängt an zu erzählen.

»Es gab einmal diesen Jungen, der den ganzen Tag nur Scheiße baute. Seine Mutter ist sehr früh an Krebs verstorben, und sein Vater litt an Depressionen. Der einst erfolgreiche Schriftsteller kam mit seiner Schreibblockade und all dem inneren Druck nach dem Verlust seiner Frau nicht weiter. Nur meine kleine Schwester kam mit dem ganzen Mist einigermaßen klar. Sie war stärker als ich, zwar erst sechzehn Jahre alt, doch schon damals war es ihr großer Traum, sich zu verlieben. Leider hab ich sie aus den Augen verloren, weil ich mit mir selbst beschäftigt war. Sie war zauberhaft und voller Träume. Ihren Traumprinzen nannte sie »Jack«, ich glaube, das lag an ihrem Lieblingsfilm »Titanic«. Von meiner Seite war es eine sehr rebellische Zeit, ich wollte nichts als Ärger machen. Ich und meine Gang waren die krassesten. So krass, das kein Gesetz für uns galt. Stress ohne Grund und so weiter. Eines Tages nahm ich den Wagen meines Vaters, ohne ihn um Erlaubnis zu fragen, und bin mit meiner Gang um die Häuser gezogen. Auf der Flucht vor Langeweile waren wir süchtig nach Adrenalin.

Dann kam Alkohol ins Spiel. Wir tranken, kifften und machten dabei ganz viel Lärm. Selbstverständlich saß ich am Steuer, auch wenn keiner von uns einen Lappen besaß. Wie immer wollte ich am meisten Spaß haben.

Die Welt gehörte uns! Wir waren so betrunken, dass wir anfingen, Quatsch zu machen. Fahren ohne Lenkrad und so 'nen Scheiß. Ihr wisst schon. Alles war schön und lustig, bis zu dem einen Moment, als jemand von der Rücksitzbank meinen Motorrad%helm genommen und mir über den Kopf gezogen hat. Das Visier kippte herunter, und der verfluchte Helm nahm mir die Sicht. Im ersten Moment fanden wir es noch lustig. Ich habe nichts sehen können und drückte wie ein wahn?sinniger immer weiter und weiter aufs Gaspedal. »Mein Schicksal kann mich am Arsch lecken. Ich bin jung und kann auf alles scheißen!«, dachte ich mir. Plötzlich ein Stoß, ein gewaltiger Lärm. Das Auto fing an zu schlingern. Wir wussten es sofort! Wir hatten jemanden verletzt oder jemandem das Leben genommen. Die Frage war nur: wem oder was? Es war nämlich kein Tier und kein Fremder. Es war meine kleine Schwester, die ich totgefahren habe. Sie kam von der Bushaltestelle, war auf dem Weg nach Hause und wollte über die Straße – und wie es ausging, wisst ihr jetzt.

Durch meine Dummheit war sie tot! Sie lag bewegungslos auf der Wiese. Ich sah ihren Körper durch diesen He!m und konnte ihn danach nie wieder ablegen. Es war wie ein Fluch! Ja. Ich bin es, der diese Geschichte schreibt. Und meine kleine Schwester ist Prinzessin Koma. Sie ist dieses Mädchen, das nie von ihrem Prinzen gerettet wurde.

Die ganzen Mainstream-Medien machten aus meinem tragischen Fall einen Hype um den Mörder. Sie erschufen den Hype um den Mörder seiner Schwester, ich glaube, es wurde sogar ein Horrorfilm darüber gedreht. Ich wurde mit Jack the Ripp5er und anderen derartigen Helden verglichen. Doch am Ende war ich nur ein Junge, der einen großen Fehler gemacht hat. Nur ein Junge. Aber wenn eine Lüge erst gehypt ist, dann will keiner mehr die Wahrheit wissen. Die Zeitungen schrieben: »Mörder mit dem Helm!«, »Junge dachte, er wäre eine Maschine, und tötete seine Schwester«, »Science-Fiction-Freak jagt und fährt seine Schwester tot!« Der Hype dieser Medien hat den letzten Funken L*icht in mir endgültig ausgelöscht, ab da war ich für immer weg.

Mein Vater hat mich hier nie besucht, und das ist völlig okay.

Wir werden uns sehen, irgendwann, ich kann es spüren. Doch bis dahin ist das Einzige, was ich hier in dieser 7elle tun kann, schreiben. Ich schreibe es für meinen Vater, vielleicht liest er das eines Tages. Ich schreibe für meine Mutter und vor allem schreibe ich es für meine Schwester, um ihr beschreiben zu können, wie unendlich leid mir das tut. Wie sehr mein Herz brennt und wie sehr ich meine schöne Familie vermisse. Gott ist Liebe, Gott ist Reue.

Kein Mensch wünscht sich so eine Erfahr5ung.

Kein Mensch braucht ihn, diesen Hype. Doch irgendwann träume ich hoffentlich davon, von diesem einen Augenblick, in dem meine Schwester wieder aufwacht und mir vergibt. Doch solange bin ich hier und rette jeden Tag die Welt, in meinen Träumen, in L○st Dreams. Doch vielleicht bin ich gar nicht hier? Vielleicht bin ich gar kein Mensch? Vielleicht bin ich nur eine |dee, eine Maschine? Vielleicht bin ich du? Viell9eicht haben wir es alle vergessen? Doch vie!leicht …« %&/1(0):)Vergebung!BefreiTt<380/?!!_ERROR

Irgendwo im Sternenhimmel befand sich ein offener Turm, in dem Jack und Koma auf einem weißen Bett friedlich Arm in Arm für Ewigkeiten im Reich der Träume schliefen und träumten. Hype beobachtete die beiden einen Moment und verschwand im Dunkeln, mit den letzten drei Worten:

»ICH BIN ALLES.«